玛丽·沃斯通克拉夫特

（詹姆斯·希思版画，以约翰·奥佩所绘油画为底本，一七九八年）

（英）玛丽·沃斯通克拉夫特 著　李博婷 译

北
欧
书
简

# LETTERS
## WRITTEN DURING A SHORT
## RESIDENCE IN
# SWEDEN, NORWAY,
## AND DENMARK

广西师范大学出版社
·桂林·

# 目 录

# 译者序

一七九五年六月，一位三十六岁的英国女子怀抱十三个月大的女婴乘船从英国北上东去，开始了为期百天的北欧之旅。她此去一来受人之托，追讨失物，二为写本游记，考察她爱好的风俗道德与文明演进的话题，以便交付伦敦书商出版。因此，她是母亲、商务代理和作家。即便在两百年后的今天，能同时胜任这三重身份的年轻女性也算是厉害角色。此人就是英国女子玛丽·沃斯通克拉夫特（Mary Wollstonecraft）。

后世看来，沃氏最著名的身份是女权先驱、理论家、妇女平等权利的热情倡导者，其著作《女权辩》(*A Vindication of the Rights of Woman: with Strictures on Political and Moral Subjects*，1792）是西方历史（乃至人类历史）上第一部真正的女权主义宣言。在这份激情澎湃的论辩中，沃氏将社会的道德复兴和女性的个体幸福结合起来，激励女性成为有理性的独立个体。她认为女性的自我价值不应来自外貌，而应来自内在的知识和自我掌控，因此她主张女性必须受教育，并批评当时的教育有意将女性塑造为轻浮无能者。她说好的教育不光能使女性成为贤妻良母，更会使其成为拥有政治和民事权利的完全之人。为此，沃氏建议改革教学体系和学校课程，让女性拥有和男性平等的受教育权，学习技能，以便日后自食其力，不以嫁人为唯一出路。她对婚姻如何持久也有建议，认为婚姻应以友谊而非相貌为基础。除此，她还呼吁女人不光要为丈夫和孩子负责，也要对自己负责，要洞察个人在人生中的真正责任，抛弃表象世界和欲望世界。

历史的后见难免将人从时代中剥离，只凸显、定格此人最显眼的一个侧面或角度。然而那人一旦还原到自己的时空，就会呈现出一个更加鲜活生动、难以概括的个体。沃氏就是这样一个复杂的多面向的思想者、行动者和生活家。她并不只写女权，其作品多样；她的思想也并非一以贯之，而是在不同阶段充满矛盾和变化。本套译著五个卷册所展现的正是她不太为人知却很值得了解的作品。按时间顺序说，《女子教育》（1787–1788）中的两篇文章是她最早的作品，写于《女权辩》前，同样是向世界热情申说怎么做女人，差别却很大。《女权辩》公认激进，而《女子教育》就教育理念而言既保守又先进，保守处让人看了想起近年来在中国死灰复燃、阴魂不散的"女德班"，先进处即使放在今天也不过时，总之这两篇教育文字矛盾得令人难以相信它们和《女权辩》同出一人手笔。《权利辩》（1790）的全称是"为男权一辩"，正好可以与"为女权辩"对照观看。两部小说——《玛丽：一部小说》（1788）与《玛丽亚：女人之罪》（1796）都以玛丽命名，皆有自传性质，其中"女人之罪"（英文原文叫 The Wrongs of Woman）的说法尤其微妙，到底是女人之罪，女人之怨，还是女人的冤屈，读者读后自可评判。《法国革命》（1794）在沃氏的作品中篇幅最长，是沃氏在大革命期间亲往法国零距离目睹革命的结果，和后世所著的此类历史作品相比（如托克维尔的《旧制度与大革命》，或者卡莱尔的《法国革命》），自有不同侧重处。沃氏的这本是一本法国革命的早期史，早到米拉波都还没退场，罗伯斯庇尔、马拉、丹东都还没登场，路易十六也还没上断头台的地步，而其观察视角则是沃氏一向爱好的历史与道德思考视角。《北欧书简》(1796)是沃氏在游历北欧几国时以书信形式写成的游记。《忆亡妻》顾名思义，是沃氏死后，鳏夫葛德文（William Godwin）为她作的传，只不过没起到扬其令名的作用，反而适得其反。该文用深情的笔触暴露了沃氏两次未婚先孕的骇俗婚恋，导致沃氏的名声一直坏到十九世纪。这一套书出来，再加上国内读者早就知道的《女权辩》，沃氏的大多数重要著作就都有中译本了，而我对她的同情与思慕也就有了一个交代。

特立独行的思想和生活需要学识、性情和个人经历的三重发酵。前两者读者读她的书就知道了，后者却要在此交代几句。沃氏出生于工匠家庭，祖父是纺织匠人，颇有资财。父亲想当"绅士农夫"不成，尝试其他各种行当的结果也都是失败。所谓"绅士农夫",指本身即有资财、非为谋生而为兴趣种田者。英国小说家哈代所著的《德伯家的苔丝》里,苔丝所爱的男子即为出身牧师之家、想要学做"绅士农夫"的人。沃氏的父亲还好酒,时有家暴行为,沃氏因此痛恨酗酒,以其为野蛮的标志,《北欧书简》里对饮酒屡屡批判。和家庭重点培养、专门送去学法律的弟弟相比,沃氏只上过几年学,后来所得全凭自学,因此痛感社会和家庭重男轻女的陋习,对女性教育的巨大疏漏尤为关注,终生对这一话题怀有兴趣。《女权辩》和以上提到的《女子教育》中《论女儿的教育》(Thoughts on the Education of Daughters:With Reflections on Female Conduct, in the More Important Duties of Life, 1787)以及《来自真实生活的本事真迹及谈话》(Original Stories from Real Life:With Conversations Calculated to Regulate the Affections and Form the Mind to Truth and Goodness, 1788)都是这些兴趣的结果。

十八世纪的英国,家庭出身不高的职业女性出路极少,或是给有钱的太太小姐当陪伴,或是进不多的女校教书,或是在贵族或中产人家里当家庭教师。这些沃氏全都干过，全都不满意，最后转向文字，靠写作卖文为生。她懂法语、德语、荷兰语，翻译过这些语言的宗教和道德类著作。又因为给杂志《分析性评论》(*Analytical Review*)写书评，熟读了文学和哲学，敏感于各类思潮。她还写小说，以上提到的两部小说就都是以她自己名字命名的独特尝试，都带点自传性质。"玛丽"一定是她珍爱的名字，因为她的第二个女儿也叫玛丽(Mary Shelley)。她为生这个女儿送了命，产后十一天即死于产褥热，死时年仅三十八岁。二代玛丽长大后嫁给了浪漫派诗人雪莱，她也是才女，擅写小说，二十一岁即写出英国第一部科幻小说《弗兰肯斯坦：或曰现代的普罗米修斯》，主题是科学家模仿上帝造人，结果造出了一个强过自己的怪物，造成局面失控，反噬自身。这一主题为后世流行文化中的大量此类小说电影开了先河。

《北欧书简》英文原名 Letters Written During a Short Residence in Sweden，Norway，and Denmark，直译是《写于瑞典、挪威和丹麦短暂居住期间的信》，我的译文依据的是一七九六年的初版。十八世纪的英文书名往往冗长，直译稍显累赘，中文为简洁计均撮其要而译之，因此本辑中的五册分别叫《北欧书简》《女子教育》《法国革命》《玛丽与玛丽亚》《权利辩》。

看题目，《北欧书简》是书信集。这是十八世纪欧洲人喜好的一种文学形式，不少小说以此为框架叙事，如理查逊（Samuel Richardson）写恋爱的《帕米拉》和《克拉丽莎》；也有假借外国人之口抨击本国社会现状的政论文集，如法国人孟德斯鸠的《波斯人信札》和英国人哥尔德史密斯（Oliver Goldsmith）的《世界公民，或曰中国哲人的通信》。从内容上看，《北欧书简》是游记。游记作为文学体裁同样古已有之，于北欧而言甚至还近在眼前，因为就在沃氏踏足北欧前十年，英国史学家威廉·科克斯（William Coxe）就已来过此地，写了《波兰、俄罗斯、瑞典、丹麦游记，并间杂历史陈述与政治探究》（1784），更早时科克斯还著有《瑞士素描：自然、民事以及政治状况》（1779）。科克斯是第一个用"如画"（picturesque）概念描述瑞士风景的人，"如画"也正是沃氏看待北欧山水的视角。

其实在审美方面，科克斯和沃氏都算不上独特，只是跟风而已，因为当时英国风景园林界（landscape gardening）

流行的审美趣味就是如画,这算是英国审美开发出来的一种自以为独特其实却掺杂着法国影响的眼光——picturesque 一词的词尾-esque 来自法语,因此有英国思想者对其表示反感。从定义上看,"如画"介于英国哲学家伯克(Edmund Burke)提出的"崇高雄壮"和"秀美优美"的概念之间,指一种不规则、不对称、令人愉悦的多样化,例如,中世纪废墟出现在自然场景中就是如画。十八世纪九十年代在法国大革命问题上和沃氏及其所属的激进派有过论战交锋的伯克在其少作《雄壮与秀美概念之哲学探源》(Philosophical Inquiry into the Origins of Our Ideas of the Sublime and the Beautiful, 1757)一文中认为"雄壮"和"秀美"是截然相反的两种审美体验,"秀美"的特点是"平衡""光滑""精致"和"色彩","雄壮"的特点则是"巨大"和"恐怖"。这种两分法对十八世纪乃至后来的浪漫主义审美观均产生了巨大影响,而"如画"的表述后来虽然未能演化成连贯的理论,却对十八世纪英国的造园热起到推波助澜的作用,包括沃氏和小说家简·奥斯丁在内的各类写作者都能在自己的作品里娴熟地谈论"如画"。可是在北欧,尤其是在以奇石海岸著称的挪威,那种景象或许更应该是"雄壮"而非"如画"吧。

　　甚至在考察道德风俗这一点上沃氏的做法也并不新鲜。因为看题目，至少科克斯一样对所历之地的政治经济、历史法律感兴趣，这也是一般游记作家关心的对象，否则写游记为了什么？当然沃氏对道德风俗的考察自有其持久性，《女权辩》的题目中有"道德"，《法国革命》的冗长评论也以"历史和道德"为题，并且这趟来北欧，沃氏在写给丹麦首相伯恩斯多夫（A. P. Bernstorff）的自荐信中也开宗明义地说自己在英国可以"毫不谦虚地"说是个"地位已固"的"道德作家"。甚至"女权"的说法也为后世所造，因为在其著作之初，沃氏本人是以"道德"视角看待自己主张的。由此我们可以更清楚地了解"道德"在十八世纪的含义，毕竟，现代之前的哲学统称为道德哲学。

　　如果说写信，写游记，写道德都不新鲜，《北欧书简》的最大价值又在何处？我认为是写情。今天的读者再看《北欧书简》，会惊讶于其中的丰沛感情，甚至难免觉得是文人的夸张做作。这是因为今天的文学审美不再以感伤为美，但是十八世纪不同，那是研究者们眼中既精致又粗糙、既文雅又野蛮的时代。

　　何况忧郁感伤原本就不是什么负面词汇。追溯起来的话，它是文艺复兴的时代精神。莎士比亚的哈姆雷特是忧郁王子，威尼斯商人安东尼奥一上场就说自己既不为买卖，也不为爱情，可就是莫名所以地忧郁烦乱。和莎士比亚同为十七世纪作家的罗伯特·伯顿（Robert Burton）更是著有《忧郁的解剖》一书，将忧郁分为爱的忧郁和宗教忧郁两种，他还分析忧郁的成因、症状和疗法。此书风格卓越，流传甚广，忧郁成了伊丽莎白时代情感细腻的高尚人士的一种惺惺作态。到了十八世纪，文坛领袖塞缪尔·约翰逊（Samuel Johnson）和另一位文学怪才劳伦斯·斯特恩（Laurence Sterne）都是《忧郁的解剖》一书的拥趸，后者的《感伤之旅》（1768）更是以一个敏感青年为主人公，融自传、小说与游记为一体，同时专门写情，使其十八世纪感伤主义文学的代表作之一，也为《北欧书简》树立了一个范式。黄梅先生有文分析《感伤之旅》中的"情"，认为此"情"包括同情敏感、乐善好施和两性之间的爱欲风情两种，既是一种普遍的社会倾向，也是高度个人化的斯特恩式的表达。无论如何，多情善感成了十八世纪社会公认的优良品质。

　　然而《北欧书简》写"情"又有不同,它并非只是模仿先例,而是写出了自己的独一无二。这情至少有两个层面,一是失恋的苦恼,这是一般人面对失恋都会有的情绪;二是论辩感性、理性和想象力之间的关系,理清个人头脑的构成,认识到感性并非理性所能压抑,也不应为任何东西所压抑。它是存在的重要组成部分,是令人痛并快乐的生存体验。这个层面的思考就非一般人所能为。《北欧书简》中的第一人称叙述者(就当她是沃氏本人吧)常常说自己极度忧郁,心情激荡,头脑混乱,这不光是"多情客"的必备特征,也是沃氏自己在游历斯堪的纳维亚时心境的真实写照。

　　沃氏在恋爱上一向我行我素、飞蛾扑火。她先是爱上画家亨利·福塞利(Henry Fuseli),热恋上头,登门找到画家妻子,建议三人行。正妻惊骇大怒,将她逐出门外。沃氏因此前往法国,借口为写专著而亲睹法国革命,实则也是为避绯闻纠缠,不曾想在法国邂逅了美国男子吉尔伯特·伊姆利(Gilbert Imlay),造成了她更为深远持久的感情痛苦。伊姆利就是她此来北欧的委托人,是她怀里所抱女婴的父亲、作家兼商人，也是曾经参与美国独立战争、有上尉头衔的那个据说相貌英俊、对她始乱终弃的负心人。此人政治上激进，同情法国革命，同时又有着精明的商业头脑，不介意在革命提供的机会里挣钱，甚至也干投资贩卖黑奴船只的肮脏勾当。

法国大革命爆发后，英国和普鲁士、奥地利结成欧洲联盟，对法开战，声讨其斩杀路易十六与王后玛丽·安托瓦内特的大逆不道，北欧国家则保持中立。《北欧书简》中提到的丹麦名相伯恩斯多夫主张对法保持外交关系，允许出口大量谷物至刚刚成立的法兰西共和国，北欧商人因此从对法贸易中挣了大钱。伊姆利在此形势下也雇了一名北欧商人做代理，找了条法国船，计划先装法国银币，运到瑞典哥德堡，用银币买粮，再运粮到法国赚钱。不曾想船没在哥德堡靠岸，却停到了挪威沿岸的阿伦达尔附近。挪威船长携银弃船逃跑，将船留给了大副。伊姆利听闻后，自然要追讨欠款，收回船只，因此才有了他委托沃氏的此次北欧之行。《北欧书简》中，沃氏对此语焉不详，只说有公事在身，但其在北欧海岸和内陆的行走线路，包括觐见丹麦首相，所为都是此事。因为事发后，围绕此船的丑闻已经上达天听，被瑞典和丹麦的最高层知晓了。挪威船长于是被捕，其家人付了好大一笔保释金才赎他获释。是庭外和解，还是打官司追讨损失，伊姆利让沃氏见机行事；赔偿金要多少合适，伊姆利也授权沃氏自行决定。这至少说明女作家同时还是个熟练精明的办事人。

可是两人关系却早在沃氏去北欧前就破裂了，男的已经厌倦，女的却还在纠缠，甚至不惜吞鸦片酊自杀。即使来了北欧散心，从本书附录中沃氏写给伊姆利的私信中也可见女方的动荡心情哪怕是在面对斯堪的纳维亚的奇山秀水时也没能减弱几分。每封信都在诉说自己失恋的痛苦，声讨对方的冷酷无情，埋怨对方为何不写信来，外加催问对方如何决定三口之家的未来安排……不难想象这些怨怼在收信人那里激起的反感。《女权辩》的作者何至如此？她所倡导的女性理性和尊严都到哪里去了？她遭遇的无非是古往今来男女之间的老套情节，那就是爱过之后又不爱了。而情爱一旦不再，唯一的解决办法就是放手。不肯放手的结果是二次自杀，这次是跳泰晤士河，那是当沃氏结束北欧之旅回到伦敦，发现情郎已经赫然与另一女人同居了的时候。不过这是后话了。

看了私信，再对比《北欧书简》，会知道《北欧书简》中挥之不去的痛苦烦闷已经是非常克制的表达了。将私信与公信并列，更能还原一个真实的沃斯通克拉夫特，更能知道《女权辩》的理性背后还有《北欧书简》的感性以及更加感性的私信往来。一个感性最为澎湃热烈之人却最提倡以理性的态度看待自身、看待男女关系，不能不说这是这位女权先驱的一个吊诡之处。这也是译者将私信收入此书的原因。

沃氏为情所困所伤，却又甘心耽溺于此，我疑心此情中有可供这位思想者思辨之物。她笔下的"情"种类繁多，有"情绪、感情"（emotion, feeling, sensibility）、"同情"（sympathy）、"亲善之情、友爱之情、慈爱之情"（affection）、"激情"（passion）、"情操"（sentiment）、"感伤"（sentimental）、"柔情"（tenderness）、"浪漫之情"（romance）等。从以上的文字罗列可以直观地看出，中文的构词逻辑是语素的合成，"情"字为本，在此基础上叠加修饰，成为新词。而英文则是拉丁、希腊和古英语（或曰日耳曼语）词根词缀的勾连组合，另有一套逻辑。正因为来源众多,英文的同义词才非常多,又因为各个同义词的词源不一,词意上也就有了微妙差别。以这组"情"字为例,feeling 源出古英语,原意是以手触摸;sympathy 是希腊语,意思是感受相同。其余皆为拉丁词,emotion 的原意是动作上的移出,passion 是痛苦,sense 是头脑的感知,affection 是内在倾向,tenderness 是以温和的关注对待,发源于感知的 sensibility 比 emotion 和 feeling 更抽象也更精致。而 romance 原指对应于拉丁语而言的白话法语,后指一种包含传奇因素的诗歌或故事文体,继而演变成一种带有骑士风度和冒险经历的爱情特质。然而在这一切"情"中,沃氏最重 sentiment 代表的"情操"。

同为十八世纪人、且被后世誉为经济学之父的亚当·斯密(Adam Smith)也很看重这个词,因为他的名著《道德情操论》的英文原名就叫 The Theory of Moral Sentiments。而 sentiment 一词之所以独特,是因为在这个词的历史上,除了"个人经历、情感"的本意外,还有"智识或情感洞察"的引申,且这个意思早在十四世纪诗人乔叟那里就有过应用。进入十七世纪后,sentiment 又发展出"对某事或赞成或反对的智识态度"的新意。也就是说，sentiment已经超出了"情"的范畴，进入了智识与思想。于是就有了沃氏在《北欧书简》里说的："心（heart）和情（sentiment）是不同的。心取决于感情（feeling）的正直和同情（sympathy）的真实，这些特点比激情（passion）更温柔。情则来自更崇高的源头，称之为想象力、天才，或者叫别的什么都行，总之它非常不同。"这段中文读来像绕口令，意思令人费解，英文却清楚明白，原因就在于，这一系列"情"字的并列在英文是不同的词源和意义，在中文里却都归为了一类。

读着沃氏的"情"，不由得让我想起了中国人的情，所谓"士之耽兮，犹可说也。女之耽兮，不可说也"，还有"圣人忘情，最下不及情；情之所钟，正在我辈"。前者相当于当时及后世的英国人常以沃氏为激情的牺牲品而替她惋惜的感叹，可是沃氏自己一定更欣赏后者，更庆幸自己有钟情的能力。失恋于她，等于情操养成，等于用想象和天才升华感性。总之，对"情"的表述，以及对"情"与理性和想象之间关系的辨析，是我认为此书的最大价值所在。

不管是公信还是私信，沃氏的第二任丈夫、思想者葛德文都对其极为激赏。"如果有一本书是故意想叫人爱上那作者的,我觉得这本书就是。"这是他评论《北欧书简》的话。而沃氏死后由葛德文编辑出版的沃氏通信集——即其私人通信的合集,也就是本书所译私信摘取之处——的前言更是将这些信的价值抬到了比歌德还高的水平。葛德文认为这些信"可能包含了有史以来向世界展示情操和激情时,所用语言的最好范例。这些信和著名的《少年维特之烦恼》有着惊人的相似之处……但是对于那些有资格评判二者之人而言,这些信是比歌德的小说还要更好的东西。它们是炽热想象力的产物,是一颗充满激情并且想要描绘这些激情的心的产物"。

最后说说北欧之旅中这个名叫范妮的女婴。因为是沃氏的未婚先孕女,哲学家葛德文的继女,才女作家玛丽·雪莱的同母异父的姐姐,浪漫主义大诗人雪莱的姻亲,她自然难免成为这些名人传记中的配角,可她还是自己人生的主角。继父葛德文说她安静沉稳有主见、记忆力好、观察力强、不算漂亮,但是能予人以好感。可惜这为生父所弃、又在三岁之龄痛丧生母的孤儿一生太短,过的日子也不是深爱她、对她怀抱女权理想、希望为她争取经济独立的母亲希望她过的一生,因为这女孩一八一六年吞鸦片酊自杀了，死时年仅二十二岁，且死因不明，据说是被家事所苦——无论如何，这是她母亲曾经做过深刻反省并想要所有女性都竭力挣脱的女性局限之所在。死前范妮留有遗言说："我早已决定，我所能做的最好之事就是结束一个生也不幸、活着也只能给他人增添痛苦的生命，那些人为提升她的幸福已经伤害了自己的健康。听到我的死讯可能会令你们痛苦，但是很快你们就会有福气忘掉这个人曾经存在过了……"

为其料理后事的雪莱曾在一张涂鸦纸上为其作挽诗：

### 关于范妮·葛德文

我们分手时她的声音颤抖，

我却不知道发出这声音的

那颗心已破碎，于是我转身离开，

不去理会那时候说的那些话。

哦，悲惨啊，悲惨，

这世界于你而言太宽太广了。

范妮一死，曾经结伴穿越山河大海的一对母女就都死了，北欧之旅也就真正结束了。

对于翻译此书而言，一个很大的困难在于文化的不对等，概念的缺失，以及硬要在两种语言间建立起对应而造成的讹误、扭曲和偏差，以上"情"字的翻译即为一例。当此情况时，只好勉力为之。另一个困难是对十八世纪北欧乃至欧洲的名物制度、风俗习惯多有陌生，查找资料费时费力。可是也有乐趣，其中之一就是借助《牛津英语词典》这个词语宝库把很多英语词的十八世纪意思又好好理了一遍，因此得以查漏补缺。在此还要感谢广西师大出版社魏东先生独具慧眼，能将两百年前英国思想家的更多著作引入国内，让我国读者得见沃斯通克拉夫特的更多面向，感谢程卫平先生辛苦审校，感谢龚龑阅读初稿，感谢老友丁林棚对译稿的诸多建议，感谢 Douglas Kerr 教授指点迷津。

李博婷

二〇二二年三月于北京

# 通　告

　　写游记或回忆录从来都是件乐事,因为虚荣或感性会使之平添乐趣。在写下以下这些随性而作的信札时,我发现无法避免不用第一人称——"那个每个故事里的小主人公"。我尽量去改这个毛病——假使这算是个毛病——因为写这些信毕竟是为了发表。可是,我只要一试图重新组织思想,就会发现我的文笔变得生硬做作。因此,我决定,不如就让我的评论和思考不受羁绊,自由流动吧。很多事情曾经对我的思想感情产生过影响,我发现如果我不趁着记忆犹新的当口把它们论述出来,我就没法客观地描述我的见闻。

　　有时候,当我被一个机智风趣的自我中心者逗乐时,我会想,这人若是通过获得我们的友情而赢得了我们的注意，那他就有权谈论他自己。我自己是否值得跻身这一特权行列呢？只有读者能做出判断。要是读者不愿意深入了解我，我允许他们将书合上。

　　我的计划只是凭我在北欧短暂逗留期间的所见所闻，对我所经行的国家的现状做一个客观描述，同时避免让那些走过同样路线的游客觉得我的文字无甚用处，也避免让那些坐在自家椅子上陪我旅行的读者觉得这些细节索然无味。

# 第一封信

在一艘并非供乘客住宿的船上劳累了十一天以后,我的精神真是被消耗一空,更不用说你已经充分了解的其他原因了,因此当我在穿越新的场景时,虽然会被它们所留下的印象所温暖,可是要我坚持之前立下的决心,将我的观察告诉你,还是有些困难的。

我曾经告诉过你,船长答应我把我放在阿伦达尔(Arendal)*,或者在他前往埃尔西努尔(Elsineur)的途中,让我在哥德堡登岸,但是逆风迫使我们在夜间驶过了这两个地方。第二天清晨,当后一个海湾的入口从我们的视线中消失后,船却平静了下来。为了我,船长

---

* 在挪威。(此类注释为原注,下同,不另标出。——编者按)

悬挂了一个寻找领航员的信号，开始将船驶向岸边。

我的注意力特别集中在灯塔上。你几乎无法想象，我是多么焦急地凝望了漫长的两小时，希望有船能将我解救出来，但是始终无船出现。每一朵在地平线上飞舞的云都被我当成了解救者，直到靠近后它们才在我的眼皮底下化作失望，就像大多数由希望勾勒出的前景都会导致失望一般。

我厌倦了等待，开始和船长交涉。从我得到的答复看，我很快得出结论：如果等船，我在此地上岸的机会将会很小。我发现专制主义，就像通常的情况一样，在此处限制了人类的勤劳。此地的领航员由国王发工资，但是工资很少。因此但凡可以避免履行所谓的职责，领航员们就不会冒险，甚至不会离开自己的小屋一步。英国海岸则大不相同。因为有着非同寻常的利润回报，即使是在狂风暴雨的天气里，也会立刻有船只向你召唤。

我不想航行至埃尔西努尔，更不喜欢在海上抛锚，或者沿海岸游荡数日，于是我用尽言辞说服船长让我使用大船附带的小船。虽然我加上了最强有力的论据，但是仍然有很长一段时间说服不了船长。

不放小船是海上的一种规则。船长为人亲切，但是头脑平庸者很少打破一般规则。谨慎永远是软弱的手段，平庸者极少在任何事上走得更远，因为他们打定了主意：无论如何都不会逾越谨慎的原则。不过，如果说我和船长的交流有点麻烦的话，和水手们却没有浪费太多时间。他们都很活泼，一待我得到许可，立刻就把小船吊了起来，答应划我到灯塔去。

我一次也不许自己怀疑找到交通工具，从这里绕过岩石，然后赶向哥德堡的正确性，因为受限于船上实在太不愉快了。

天气晴朗，我享受着这片水域，靠近小岛时，可怜的玛格丽特（Marguerite）开始为我们没有见到任何居民而感到惊讶，她的胆怯总是在她的冒险精神前起着触角的作用。我没听她的。但是，登陆时也还是一样的寂静，我也不禁警觉起来。这份警觉并没有因为看到两个老人而减弱，他们是被我们从他们可怜的小屋里勉强喊出来的。这两个人看起来简直不成人样，我们的提问好不容易才从他们那里得到一个明白的回答。那就是他们没有船，也不能以任何借口擅离职守。但是他们告诉我们说，在岛的另一边，八或十英里以外的地方,有一个领航员的住所。两畿尼诱惑着水手们冒着船长不喜欢的风险,又一次用船把我划了过去。

天气宜人,岸上的景色如此壮丽,我本该好好享受这两个小时的旅程,然而水手们的脸上明显流露出疲倦的神情。好在他们一句怨言也没有,反而带着这个职业特有的率性与欢快,开玩笑说船长很可能会趁现在刮起的一阵微微的西风把船开走,不等他们回去。然而,尽管他们心情很好,我却越来越不安,因为我们越前进,海岸就越后退,似乎永远也不会止息水手们的劳作。然后我们就驶入了一片迄今为止我所见过的最美的海湾,可是我的焦虑仍在加剧,因为我的眼睛还在徒劳地寻找人类居住的痕迹。正在进退两难,不确定该采取什么措施的关头(因为我受不了回到船上的想法),我却看到了一艘驳船,于是立刻就松了口气,急忙上前询问情况。船上的人当即指示我们,穿过几块突出的礁石后就可以看见领航员的小屋了。

此情此景真是令人感到一种肃穆的寂静。阳光在海上嬉戏,微风轻柔,吹不皱海面,那阳光恰与黑色的巨岩形成强烈的反差。巨岩像原始的造物材料,是未经开凿的空间里的屏障,强烈地冲击着我。可是,如果不是领航员的小屋看上去也这么宁静的话,我反而不会感到遗憾。我走近时纳闷,在一个陌生人,尤其是女人很少出现的隐居之所,为什么好奇心没有把居住在这里的人们带到窗前或门前呢?我并没有立刻想起,那些离荒蛮造物如此之近的人们,其实活着只是为了寻找维持生命所必需的食物,因此他们几乎没有(或者根本就没有)想象力去唤起必要的好奇心,从而使微弱的心灵闪光并结出果实,好使他们有资格成为这造物的主人。假使他们有好奇心,或者有想象力,二者只要具备其一,他们就不可能心满意足地扎根于如此懒散培育的土块中了。

当水手们走去寻找懒散的居民时,我想到了这些结论。并且,回想起巴黎人对新奇的极端爱好,我认为好奇是巴黎人在精致方面取得进步的明证。是的,那是一种生活的艺术,是一种逃避烦恼的艺术,那烦恼阻碍着人类向社会生活的乐趣迈出第一步。

领航员告诉水手说他们听从一位退役中尉的指挥,而且这位中尉会说英语。他们还说,没有中尉的命令,他们是不能擅自行动的。即使给钱也没法克服他们的懒惰,没法说服他们陪我们去中尉的住所。我想尽快解散水手,希望领航员们能和我单独前往,但是领航员们不肯。我只好再次让水手们划船带我过去，领航员们则缓缓跟在后头。及至转过另一处大石突起处，我看到了一条船正向我们驶来，原来那是中尉本人带着一种诚挚之心来看我们是谁了。

为了不让水手们继续操劳下去，我立刻让人把行李搬到了中尉的船上。中尉既然会说英语，我就不必和他再交谈什么了。然而玛格丽特尽管尊敬我，看到我把自己交到了一个陌生男人的手上，脸上还是流露出了强烈的恐惧之情。中尉指了指他的小屋，我走近时看到了一个女人的身影，我的心里并没有感到有什么不妥。因为我不像玛格丽特那样一直在想抢劫、谋杀或者另外一桩罪恶。用水手们的话来说，那桩罪恶①能立刻冒犯所有女人的想象。

一进门，我就更高兴地发现屋子很干净，还有几分乡村的优雅。床上的铺盖是细布做的，虽然粗糙，但是洁白得耀眼。地板上撒了一些杜松子的细枝（我后来发现这是当地的风俗），与窗帘形成鲜明的对比，给人一种清新宜人之感，缓和了中午的热度。然而，没有什

---

① 指强奸。（此类注释为译注，下同，不另标出。——编者按）

么比殷勤好客更令人高兴的了,这家人所能提供的一切食物很快就摆放在了最洁白的亚麻桌布上。还记得我是刚刚才下的船吗? 我尽管不挑剔,在船上的时候却一直感到恶心。而眼下,鱼、牛奶、黄油和奶酪,还有——我很抱歉地补充一句——白兰地,这个国家的祸根,都已经在餐桌上摆开了。饭后,好客的主人带着某种神秘,给我们端来一些上好的咖啡。我当时还不知道咖啡是违禁物。

这家的丈夫为不停进来表示抱歉,但是他说他很高兴能说英语,因此他不能待在外头。他不必抱歉,我对他的陪伴同样感到高兴。对他妻子我只能报以微笑,她则仔细观察我们衣服的样式。我发现是我的手最先让她发现我是个女人。我在礼貌方面当然自有分寸,而北地的礼貌似乎掺杂了他们气候中的寒冷,以及那种以铁作筋骨的岩石般的坚硬。然而,在这群燧石之地的农民中,有着那么多黄金时代①的纯朴,那么多

① 黄金时代是希腊神话中的理想社会形态,没有犯罪,没有不公,人与人、人与自然和谐共处。黄金时代后社会会堕落至白银时代、青铜时代和黑铁时代。

洋溢着同情心的东西，所以尽管我很累，尽管他们一直让我站着，尽管他们一次次地失礼，我的脸上仍有笑容绽放。只有仁爱和天性中真诚的同情能让我做到这点。

这所住房的环境很美，尽管选址于此是为了方便。房主既是指挥沿岸所有领航员的军官，也是被指派在此看守沉船的人，就有必要在这个可以俯瞰整个海湾的地方安家。他既然曾在军中服役，就不无骄傲地佩戴着一枚徽章，好证明他为国家做过贡献。我觉得这份骄傲于他正相匹配，我还认为他得此荣誉是件好事，因为他每年领到的津贴不过区区十二英镑多一点而已。我还是不要让自己，也不要让你为瑞典货币的换算操心了。如此一来，我的朋友，你就知道"额外补贴"的必要了。这种狭隘的政策真是贯穿了一切。我以后还有机会进一步对其进行批判。

尽管主人讲述其经历使我愉快，使我大致了解了我所要去拜访的人民的风俗，但我还是渴望爬上岩石看看这个国家，也看看那些诚实的水手是否已经回到船上。借助中尉的望远镜，我看到顺风已起，我先前乘坐的那条船正在趁着这股柔风顺利航行。大海平静，甚至像最浅的溪流一样欢快活泼。海面广阔如盆，看不到一个能表示船的黑点。我的护送者们最终安全抵达了。

在向更远的地方观望的时候，我的眼睛被一些从岩石中探出头来的三色堇所吸引。我采下一枝，当它是个好兆头，想要将它保存在一封没有给我的心灵带来安慰的信里。残酷的回忆弥漫了我的双眼，但它又像四月的阵雨一般消逝了。如果你熟读莎士比亚，就会知道这是一朵被爱的飞镖染红的西方小花，"女郎们将之称为空虚的爱"①。我的小婴儿的欢乐没有被搅乱，她才不管什么预兆还是感情，她发现了几颗野草莓，这是比花或者幻想更能令她愉快的东西。

中尉告诉我这个海湾很宽。这点我无法判断，但我感受到了它如画般的美。岩石堆叠，形成了一道阻

---

① 三色堇的英文（heartsease）字面意思为"心的安慰"。"女郎们将之称为空虚的爱"语出莎士比亚戏剧《仲夏夜之梦》第二幕第一场。爱神丘比特向一名女子射箭未中，反而射中了一朵西方的小花，那花因为受到了爱的创伤而从乳白变成紫红。传说从此花中提炼出的浆汁若是点在熟睡之人的眼皮上，则那人无论男女，睁眼之际都会疯狂地爱上所看到的第一人。于是在《仲夏夜之梦》中被错点了花汁的仙后爱上了驴，两对本来相爱的青年男女也被弄错了爱的对象。

挡海洋的合适壁垒。"不要再上前来了。"岩石坚定地说,一面将黑暗的身躯转向海浪,去增强海浪那徒然的咆哮。景色是贫瘠的:安静的小块土地上覆盖着最精致的青翠,点缀着最甜美的野花,似乎在向山羊和几头走散的母牛许诺着奢华的牧草。眼前的景象是多么安静祥和!我欣喜地环顾四周。相比很久以前,我的内心更加深刻地感受到了那种自发的快乐,它使我们对幸福的期望更加可信。我忘了我在法国目睹的恐怖①,忧虑展翅飞走,纯朴的同胞情谊填满了我的胸膛。仁慈的上帝啊!在法国时的景象真是给自然界的一切都蒙上了阴影,也让我性格中的热情经常就被失望的泪水打湿,然后又重新燃起光亮。

为了延长这种享受,我欣然同意了主人的提议,去拜访一户人家。这家的主人会说英语,是这个国家最滑稽的一个人,我的主人这样补充道。他还由衷地笑着讲了这个人的一些故事。

我继续朝前走,仍然欣悦于眼前朴素的美丽。崇

---

① 沃斯通克拉夫特在法国停留期间目睹了法国大革命中的种种暴行。

高经常在不知不觉间被美丽取代,还使得在痛苦中集聚的情感膨胀开来。

当我们走进这户人家时,我发现这是我所见过最大的房子,家庭成员也很多。但是这家的父亲不在,原本我是希望能从他那里得到很多娱乐的。中尉因此不得不充当翻译,传达我们对彼此的问候。他的翻译虽然笨拙,但是表情和手势却足以使语言易懂和有趣起来。姑娘们都很活泼,对我的尊敬几乎不能阻止她们和我的主人开玩笑。后者向她们要一点鼻烟,她们给了他一个盒子。盒子一打开,就跳出来一只固定在底部的人造老鼠。这个把戏无疑自古就有,但它激起的笑声却没有丝毫的不真诚。

这户人家非常热情,但是为了不让他们的好心影响到我的宝贝,我不得不缩短拜访时间。有两三个姑娘送我们回来。为了使我的晚餐更丰盛,她们带上了家里所能提供的食物。晚餐确实丰盛,尽管我很难对一些菜肴表示敬意,因为我不喜欢在每样东西里都放很多糖和香料。晚饭时,主人直截了当地告诉我,我是一个善于观察的女人,因为我向他提的都是些男人的问题。

我的行程很快安排好了。因为不想等他们叫车把我送到哥德堡，我只能坐驿马车。行程大约是二十一二英里，费用我发现不超过十一二先令。主人向我保证这个价钱已经给得很大方了。我还想给这人一个半畿尼的住宿和伙食费，可是好不容易才勉强让他收下。实际上他什么钱都不想要，他说那等于抢劫我，还向我解释路上我应该付多少钱。但是我坚持要他收下，他于是收了一畿尼，但有个条件，就是他要陪我上路，以免我在路上遇到任何麻烦或者被强行征税。

我略感遗憾地回房休息。夜色如此晴朗，我本想再多走走，可是想到必须早起，就只得不情愿地上床去睡了。可是我的感官还很清醒，想象也仍然非常活跃，我根本无法入睡。不到六点钟我就起来呼吸早上的新鲜空气了，更早的时候我已经听到鸟儿在啁啾啼唱，迎接黎明的到来，虽然那时还远不到动身的时候。

事实上，再没有比北方的夏夜和傍晚更美的景致了。如果叫它夜晚，它所缺的只是白昼的耀眼，那种常常显得无礼的化日光天。午夜里我可以不点蜡烛就写作，还能看得很清楚。我沉思着一切沉睡中的自然。

岩石的颜色更深,似乎也在分享万物的休息,并且更加沉重地倚靠在自己的根基上。"这种让我保持清醒的主动原则是什么?"我叫道,"当周围的一切各安其分,如同归家的时候,我的思绪为何却要飞向身外?"我的孩子也在以同样的沉静安睡,她像是合上了花瓣的花朵一样天真可爱。一些关于家的回忆,夹杂着那天晚上我对社会状况的思考,使我在刚刚吻过的玫瑰色面颊上洒下了一滴眼泪。我的情绪在狂喜和痛苦的边缘颤抖,令我感到辛酸,使我比平时更活跃。

这些专横的同情是什么?当世界让我厌恶,朋友也不友善的时候,我是多么容易感到忧郁甚至厌世啊。我把自己看作是从浩瀚人类中分离出来的一个微粒,我是孤独的,直到某种不自觉的同情,如同黏着的吸引力,让我感到自己仍是强大整体的一部分——思绪神游远方——我或许不能斩断生存之线,将自己从这整体中分割。当生命的残酷经历让心灵停止流动或者将它毒害,这存在就失去了魅力。对于那些知道世上有幸福存在的人而言,未来,还有什么是你不能给予的!我说的不是哲学上的满足,尽管痛苦让这些人对这种满足怀着最坚定的信念。

殷勤的女主人早在我们起身之前就已经在准备咖啡和牛奶了。由于马车不能安全行驶到门口，于是在早餐后，我的行李就被主人提到了船上。

这条路起先很是崎岖，但是我们的车夫很小心，马匹也习惯了频繁又突然的弯道和下坡，因此我不担心会有任何危险，我开始和女儿玩。我没让玛格丽特照顾她，玛格丽特太过胆小了。

我们在一家小旅店停下来喂马，这时我遇到了第一个我令我不悦的瑞典人，尽管他的穿戴比我迄今为止遇到的所有人都好。他和我的主人发生了口角，我猜不出争论的内容是什么，但不管是什么，我都知道我是争论的起因。结果是这人愤然离去，而我也立刻得知他是一名海关官员。专业人士真是一群泯灭了民族性格的人。这位海关官员尽管和这些坦率好客的人们共同生活，却仍然只有一副税务员的嘴脸，我在英法也碰到过一些这样的人。因为还未进入大市镇，我暂时还没有护照，但是我知道我在哥德堡可以马上办个护照。我之所以反对搜箱子只是因为怕麻烦。这个小官气势汹汹地要钱，但是中尉决心要依言保护我，不让我被强行征税。

为了避免在城门受审,在雨中交代自己的来历(形式而已),这个官员要求我们下去——或者说,下车,步行进城。而此时,我们还未得到急需的一点食物来补充体力。

我原以为我能找到一家还算凑合的旅馆,不想却被领进了最不舒服的一家。而且,由于那时大概是五点钟,也就是他们饭后三四个小时的时间,因此我无法说服他们给我弄点热的吃。

这样的食宿情况迫使我拿出了一封推荐信,收信的那位先生于是安排我和他共进晚餐,他还同时派人替我寻找住处。鉴于晚饭时没有发生任何足以形容这个国家的特色的事情,因此我在此处结束这封信。

谨上。

# 第二封信

　　哥德堡是个干净通风的城市，由于是荷兰人修建的，每条街都有运河。其中一些街道的两旁还有成行的树木，这原本可以让人感到非常愉快，可是人行道又实在太糟了。

　　这里有好几家富裕的商号，隶属苏格兰、法国或瑞典，但我相信苏格兰商号是最成功的。[1] 自从开战以来，和法国的贸易和委托生意一直非常有利可图。[2] 通

---

　　① 哥德堡（Gothenburg）是瑞典西南著名港口城市，一七三一年于此成立了瑞典东印度公司，部分由苏格兰商人柯林·坎贝尔（Colin Campbell）出资，成员有苏格兰和英格兰商人。

　　② 法国大革命后，由英国、普鲁士和奥地利组成的欧洲联军对法开战，北欧国家则保持中立。下文将要提到的丹麦首相伯恩斯多夫主张对法保持外交关系，并允许大量谷物出口至刚刚成立的法兰西共和国。

过提高生活必需品的价格,商人们发了财,但是我担心这是以牺牲其他居民的利益为代价的。

　　既然所有重要人物——我是说最有钱的人——都是商人,那么他们的主要享受就成了在餐桌上暂别商业,放松自己,而那餐桌是在一两点钟之间就摆上了的。我认为,对于那些对杯中物(酒)表示了足够的尊敬后,还有信要写、有账要算的人来说,这个时间实在是太早了。然而,当众多圈子聚在一起,当文学和公共娱乐都不能为谈话提供话题时,一顿盛宴似乎就成了唯一可以凝聚众人的中心。另外一个原因是,丑闻尤其只能通过耳语传播。聚会越高级,丑闻就越是兴趣所在。至于政治,我很少在世界任何地方的乡村小镇发现它是一个可供持续讨论的话题。此地的政治规模较小,正适合此地人能力的大小。一般说来,观察的范围决定了思想的范围。

　　我对世界的了解越多,就越相信文明是一种祝福,未追踪其发展的人无法对其形成充分的估计。它不仅使我们的享受更加精致,还产生了一种多样性,能使我们保留感觉的那种原始的精致。没有想象力的帮助,一切感官享乐都会沦于粗俗,除非有层出不穷的新奇事物可以代替想象，然而这是不可能的。因此，我猜，当所罗门宣称太阳底下无新事时，他所指的正是这种厌倦。也就是说，对感官所能激发的普通感觉而言，已经没有什么新奇之事了。然而，谁又能否认，自从所罗门的时代以来，想象力和理解力已经做出了大量发现，而它们似乎只是在预兆其他更高尚、更有益的发现即将到来？我从未在那些没有养成自省习惯的人中间遇到太多想象力。如果在这种社会形态下，判断力和品位不被召唤，没有得到科学和艺术的修习养成，那么感觉和思考的微妙就不能用"情操"一词来形容。缺乏科学追求也许是小镇人好客，是陌生人得到小镇人热情款待的原因。

我认为好客被旅行者们赞美得过头了，他们将好客当成了心善的证明。我则认为，不妨将不加区分的好客当成一个标准，以此对头脑的怠惰空洞形成大致判断。或者，换句话说，好客体现了人对社交的喜好。人在头脑得不到相应锻炼时，就只剩下了用酒招待别人了。

这些话同样适用于都柏林，都柏林是我所经历过的最好客的城市，但是我会尽量把观察范围限制在瑞典。

的确，我只是对瑞典的一小部分投下了一瞥。然而，即使我没去过它的首都，关于这个国家的风俗和成就，我想也都有了一个清楚的看法。事实上，相比首都，偏远之地更能体现一个国家的民族特征。

瑞典人以礼貌自居，然而瑞典人的礼貌远非有教养的头脑的优雅，而只是令人厌烦的形式和仪式。他们的礼貌无法立即进入你的性情，使你感觉轻松，就像有教养的法国人能做到的那样。相反，瑞典人礼貌过头，对你的所有行动持续进行限制。只有钱，没有教育，那么除了遵守毫无意义的形式外，钱所能达到的效果只会和它原本的目的背道而驰。这样一来，我会忍不住认为农民是瑞典最有礼貌的人，因为他们只想取悦你，而不想让你钦佩他们的所作所为。

瑞典人的饮食和其赞美一样，似乎也是法国人的反面。瑞典菜由各种混合物组成，结果只是破坏了食物的原汁原味，一点都不好吃。一切东西——甚至面包里——都放香料和糖。我唯一能解释的他们偏爱重口味的原因就是他们不断吃盐渍食品。由于生活所迫，他们不得不为冬天储备干鱼和咸肉，因此到了夏天，新鲜的肉和鱼吃起来就失去了味道。此外他们还常喝烈酒。每天在正餐和晚饭前,甚至饭菜上桌还在等着凉的时候,男女人等就已经走到了边桌旁,开始吃面包、黄油、奶酪、生鲜鱼或凤尾鱼了,而且还要再喝一杯白兰地,以刺激食欲。紧接着是咸鱼或肉,为的是进一步刺激胃。随着晚餐的进行——唉!原谅我花几分钟时间来描述一下这顿耽误了我两三个钟头的饭——我观察着,菜一盘盘地上,没完没了地轮换,以庄重的节奏在每一位客人间传递。但是,如果你碰巧不喜欢第一道菜——这通常是我的情况,那么,在别的菜还没上之前就要求上某道菜是非常失礼的做法。但是耐心点,关于吃,我还有很多要说呢。允许我回顾一下探访日的活动,而不忽略其中的插曲。

早午之间的便餐是序曲,之后是持续两小时的鱼、肉、禽。在此期间,甜点放在桌上,都被食物的热气浸透了,这真让我为草莓和奶油感到难过。咖啡紧随其后,端到会客厅①,但也不排除潘趣酒、麦酒、茶和蛋糕、

① 此处的"会客室",英文原文是 drawing room,是 withdrawing room 的简写,这一用法出现于十六世纪,至十七世纪普及,原指与公共房间相连的私人房间,后指社交宴请习俗中,饭后男女宾客分开,女士们从餐厅退出(withdraw)后所去的用于接待女客的房间。

生鲑鱼等。晚饭殿后,几乎有和正餐一样的节奏,同时也别忘了之前序曲一样的早午餐。你以为有这么一天就够了,但是,明日复明日,日日如此。也许,当严冬皱着眉,面色冷峻地摇着他那灰白色的头,一个永无止境、总是才刚刚开始的盛宴是可以忍受的。但是在甜蜜得转瞬即逝的夏天,我善良的陌生人啊,还是让我有时间逃到你的冷杉林里,在你美丽的湖畔漫步,或者爬上你的岩石,以无尽的视角观赏其他岩石吧。岩石由巨人之手堆叠而成,矗立在空中,拦截着光线,或者接受着那挥之不去的一天的离别颜色。虽说此时天色还没有软化到黄昏,但是已经有微风吹起来了,让人感到神清气爽。明月也绽放着清辉,在蔚蓝的苍穹中庄严优雅地滑行。

母牛的铃铛不再叮当作响地召唤荒野上踱步的牛群休息。这难道不是夜晚的巫术时间吗?水声潺潺,倾泻而下,那声音不只是凡人的音乐。和平的精灵也都出动了,好让躁动的胸膛平静。永恒就处在这些时刻:世俗的烦恼融入了组成梦的那些虚幻物质里。温和迷人的幻想就像爱情最初的希望,或是对失去的快乐的回忆。它们将不幸之人带进未来,这些人在忙碌的生活中曾经徒劳地试图摆脱心中沉重的悲伤。晚安！先前苍穹中挂着一轮新月，吸引着我到野外漫步。它并非是对太阳的银色反射，而是闪耀着自己所有的金色光辉。谁还害怕露珠坠落？它只会让剪过的草闻起来更香。再见！

# 第三封信

　　瑞典人口据估计在二百五十万到三百万之间。对于这样一个幅员辽阔的国家来说,这点人口不算多。就土地而言,瑞典只有一小部分是耕地,而且人们只以最简单的方式耕作,目的仅仅是获取生活必需品。在极易获得鲱鱼的海滨地区,几乎看不到耕种的痕迹。裸露的岩石上散布着一些小屋,都在颤抖着与无情的自然搏斗。它们由粗糙砍伐的原木搭建而成,建造者对其下崎岖不平的地基不做费心考量。屋前无路,不知门之所在。

　　于寒冷中瑟缩成一团,为了躲避刺骨的寒风而低下头去,对于这样的穷人来说,用喝威士忌的粗野乐趣代替社交的乐趣难道还是什么怪事吗?特别是我们必须考虑到他们吃的大多是重盐食物和黑麦面包这一点。面包太硬了，这一点可以想象，因为一年到头只烤一次。大多数家庭的仆人也吃这种面包，可是别的餐食都和主人不同。尽管我听到过各种各样的说辞证明这一习俗是正确的，我却仍然以它为野蛮的残余。

事实上，仆人在各方面的处境（特别是女仆的处境）都显示出瑞典人离理性平等的公正观念还很远。在瑞典，仆人不被称作奴隶，但是一个人可以不受惩罚地殴打另一个人，只因为付了那人工钱。然而那工钱却低到受雇者只得为了生存而偷窃的地步，同时奴役也使他们变得虚假、粗野。更有甚者，男仆们通过压迫女仆来维护男人的尊严，因此最卑微、甚至最辛苦的工作都留给了这些可怜的女仆。这些都是我亲眼所见。有人告诉我，到了冬天，女仆们会把细麻布带到冰冷的河水里手洗。哪怕她们的手被冰割破，流血不止，同为仆人的男人也绝对不会施以援手，不会帮她们提盆，减轻她们的负担，因为这些男人生怕玷污了自己的男子气概。

如果我告诉你，仆人的年薪很少超过二三十先令，你就不会惊讶于他们不穿鞋子或长袜了。我知道，按照习俗，在新年等特定时期，主人会给仆人礼物，但这能算是对仆人劳动的公正补偿吗？我承认，大多数国家对仆人都很不公正。在夸耀自由的英国，仆人经常受到极其暴虐的对待。我常常愤慨地听到绅士们说他们绝不容许仆人回答他们提的问题。而那些情操最为精致的女士则一边常常在我面前大声疾呼，反对粗俗之人对待动物的残暴行径，一边却忘了侍候她们的仆人既有人类的感情，也有人类的形体。我不知道有什么比看到仆人成为家庭成员更令人愉快的事了。一般来说，如果你对仆人关心的事感兴趣，你就可以激发他们也对你关心的事感兴趣。我们必须爱我们的仆人，否则就永远不会对他们的幸福有足够的关注。对那些过着入不敷出的挥霍生活的主人而言，他们怎么可能对仆人的幸福有足够的关注呢？因为比起让他们的家庭成员①享受其所获得的纯真快乐，这些主人更渴望把自己的邻居比下去。

事实上，仆人要想保持诚实比穷人更难，因为仆人看到和准备的是他们不能享用的美味，穷人则不会因为自己吃得朴素就胡思乱想。因此，虽然这里的仆人

———————

① 也包括仆人。

一般都是小偷,你却很少听说有入室行窃或拦路抢劫的事。这个国家的人口可能太少了,以至无法产生很多这种俗称为"徒步贼"或"劫道者"的小偷。这类盗匪通常是大城市的产物,是财富产生的虚假欲望的后果,而非穷人为摆脱苦难而进行的绝望挣扎。

农民的享受是喝白兰地和咖啡,那是在咖啡被禁以及白兰地被禁止私人蒸馏以前。已故国王①发动的战争使得加税成为必要,他还通过各种手段将铸币留在国内。

查理十二②登基前的税收无足轻重,然而在他登基后,负担却不断加重,粮食价格也相应上涨。不仅如此,向法国出口玉米和向德国出口黑麦获的益,如果不是因为今秋停战使得出口停止,很可能会给瑞典和挪威都造成粮食短缺,因为各种各样的投机活动几乎使价格翻了一倍。

---

① 指古斯塔夫三世(Gustavus Ⅲ, 1746-1792),一七七一至一七九二年在位,一七九二年三月十六日被暗杀于一假面舞会上。当时欧洲舆论对此反应不一,有表示欢迎的,如法国大革命期间的雅各宾派,也有人认为暗杀是受到了法国大革命的传染,证明法国大革命对欧洲君主制的潜在威胁。

② 查理十二(Charles Ⅻ, 1682-1718),一六九七至一七一八年在位,以武力著称,号称"北方之狮",曾两次入侵挪威,后在视察战壕时中弹身亡。一说他是被自己人暗杀,非为敌方所害。伏尔泰曾为其作传。

战争的影响如此之大，即使是中立国，活力也被削弱。那些为统治者的野心牺牲的不幸国家被摧毁了，这些中立国却获得了突然涌入的财富，因别国的毁灭而繁荣起来。不过，我不想再说那些罪恶了。它们由暴富产生，是最可鄙和最令人恼火的罪恶。因为我相信这样一条公理：一个国家只有靠勤劳致富，并且获得与劳动成比例的财富，才能真正从财富中受益。

禁止喝咖啡，惩处喝咖啡者，以及鼓励公共酿酒的做法，往往使那些禁奢法影响不到的穷人变得更穷。摄政王①最近对服饰做了非常严格的限制规定\*，中等阶级觉得这很残酷，因为这迫使他们抛弃了本来可以维持一生的好衣服。

这些事可以称为烦恼，然而，国王（古斯塔夫三世）的死又可算是一种祝福，因为这避免了其野心原本必

---

① 指未来的查理十三（Charles ⅩⅢ，1748-1818），他在一七九二至一七九六年间为摄政王。

\* 女士只能穿黑色或白色的丝绸以及素色平纹布，还有其他类似规定。

译者注：此处应指一七七八年古斯塔夫三世颁布的为贵族和中产阶级制定的服装样式。服饰禁令的反对者认为，允许家制衣物可以降低奢侈品进口，进而平衡贸易逆差。

然会给国民带来的那些后果。

此外，法国大革命不仅使所有戴王冠的脑袋都更加谨慎起来，还使各处对贵族的尊敬程度大大降低了（除了贵族们自己中间）。农民不仅不再对君主盲目尊崇，还很有男子气概地抱怨自己受到了压迫，而从前他们是没有想过将其命名为"压迫"的，因为那时他们被教导要把自己看作另一类人。而且，也许考虑到瑞典国王同大多数欧洲君主一样，是靠不断侵犯贵族特权以增强自身权力的，那么在此地以及在欧洲的其他任何地方，贵族们为了确保自己的权势所做的努力也就成了破坏自身权势的最有效办法。

首都有教养的瑞典人是按照古代法国的模式培养的，一般都会说法语。他们有学语言的能力，法语说得很流利。这在某些方面可以算是一种优势，但是同时也妨碍了他们对本国语言的学习以及本国文学事业的长足进步。

一位明智的作家*①最近观察到（我手边没有他的

---

\* 见库珀先生《美国记述》一书。

① 指托马斯·库珀（Thomas Cooper, 1759-1839），英国律师和作家，一七九四年移民至美国，所谓《美国记述》（Account of America）疑为库珀所著《美国信息》（Some Information Respecting America, 1794）一书。

作品,无法引用他的原话),美国人非常明智地让欧洲人为自己生产书籍和时装。但是我不能同意他的观点。即使是只生产一定数量可容忍的产品所必需的反思,也比他意识到的更能增加国民知识的总量。散漫的阅读通常只是一种消遣。必须找一个东西作为思考的参照物,否则思考很难深入到事物的表层之下。这就像旅行中记日记一样,它能使旅行者提出很多有用的问题。如果旅行者只想看他所能看到的一切,而从不自问看的目的是什么,那么他是不会思考这些问题的。此外,对文学的涉猎也为谈话提供了无害的话题。尽管文学话题常常令人疲惫不堪、难以忍受,可是手头如果没有这样的话题,小镇居民就变得只会窥探和挑剔。无聊,而非心地不良,会催生丑闻以及对小事的关注,从而使头脑变得狭隘。人类只是因为怕被人议论,才会经常对琐事产生幼稚的谨慎。这种谨慎无法和"有用"那种开阔的设计共存,也不符合所有道德原则的基础,也就是对美德——而不仅仅是对传统美德——的尊重。

　　我的朋友,我越来越相信,不管我们想了解的是他人、自然还是我们自己,大都市,或者一个绝对与世隔绝的住所，都是改善心灵和理解力的最好住所。与人类交往时，我们不得不审视自己的偏见。分析偏见时，我们往往又会在不知不觉间去除偏见。在这个和自然有着亲密关系的国家里，尤其是在农耕还没有将其原初的特点抹平至毫无生气的地步时，一千种世俗眼光看不见的小环境催生了想象力珍视的情感，也催生了那些拓展灵魂的探索。

我爱这个国家，但是每当我看到一个风景如画的地点被选中建房造屋时，我却又总是害怕那种改良。要有不同寻常的品位才能形成一个整体，才能引入与周围环境相匹配的房屋和装饰。*

---

\* 关于英国园林，我认为我们经常大错特错地引入了太多阴凉，而不考虑我们的气候其实并不需要那么厚密的阴凉。只要能抵挡太阳的酷热，提供一处孤独的隐蔽处就够了。但是在很多大园林或是游乐场里，太阳光根本就照不进来。眼睛看见阴凉可能会觉得愉快，但那不是主人能够退隐此处，享受空气和孤独的家庭步道。因为除非是在异常干燥的夏日，否则阴凉会很潮湿阴冷。正因如此，洞穴在我们这种温和的气候里也很荒唐。哪怕在我们感觉最热的时候，一棵冠盖亭亭的大树也可以提供足够的阴蔽。坦白说，园林的作用应该很明显：它不应该为自然最恣意蓬勃的季节修建，因为那时候整个乡村都是一个大花园，而且还更甜蜜。如果园林不是很大，我认为种植花草灌木应该多于栽种大树。为了让阳光照亮春秋冬三季，使其生动，蛇形步道以及（转下页）

我参观了哥德堡附近的一所住房，房屋周围的田地经过了改良，我对此特别高兴。房屋近湖，环湖皆石，石上满植松树。从草地的一边望出去可以看见开阔的土地，另一边则有树荫遮挡，可以看见部分景观，那是一条河在岩石的碎片和树根间流淌的样子。一切自然而然，没有什么勉强为之。其中一个幽僻处尤为庄严雄壮，它位于高耸的峭壁间，有简陋的石桌、石座安置其间，可以作为凯尔特人的祭司德鲁伊的出没之所。其下溪流平静，反衬出溪边花朵的生机一片，可以作为欢快精灵的轻盈起舞之地。

　　这座房屋的品位显眼却不刺眼，与同一地点的另一所住宅形成鲜明对比。在那里，大量金钱被挥霍；意大利柱廊被建造，以激发粗犷峭壁所制造的奇特感；楼梯为石制，像是要毁了那木质的房屋。维纳斯和阿波罗雕像似乎同样不得其所，一年有四分之三的时间里

---

（接上页）对美的线条的追求应该让位于方便。但是，在瑞典，宽阔笔直的石子路对于那些想要在所有季节，尤其是雨后锻炼身体的人而言真的是极为方便。天气晴好的时候，草地上小径蜿蜒，比那些打断了思路，还没能使幻想感到愉悦的拘谨的拐弯强得多。

都被掩盖在雪地下,其作用只是将观察者的注意力从周围的崇高中移开,而没能激起任何雄壮的感觉。不过,虚荣心即使失败了也自有其用处。无数工人被雇佣,负责监督的那名艺术家迫使工人们服从规则,从而改造了这些因技艺粗糙而使他痛苦不堪的工人。再见!

　　谨上。

# 第四封信

　　瑞典漫长寒冷的冬季往往令人迟缓怠惰。尽管这个季节有其独特的乐趣，但是太多时间还是花在了防范其凶险上。暖和的衣服是绝对必要的，于是女人纺纱，男人织布，人们通过这些努力来御寒。几乎每次路过由几间农舍结成的村落，都能看到布匹被摊开来漂白的景象。每当我走进农舍，也总能看见妇女们在纺纱或编织。

　　然而，在对待孩子方面，一种错误的温柔使得瑞典人即使在夏天也给孩子们穿法兰绒。他们对冷水有一种天生的反感，可怜的孩子们外表肮脏，更不用说法兰绒和地毯散发的有害气味了，这似乎是对我经常问的一个问题的回答，那就是为什么我在我所经过的村庄里没有看到更多的孩子。事实上，儿童似乎被扼杀在了萌芽状态，既没有他们这个年龄的风度，也没有他们这个年龄的魅力。而这点，我相信，更多是由于母亲的无知，而非气候的粗蛮造成的。不断出汗，汗水又排不出去，使得每个毛孔都在吸收不健康的水分，造成孩子体质虚弱。而同时，孩子甚至还在吃奶时，父母就给他们喂白兰地、咸鱼和其他各种粗糙的食物了。空气和运动使得父母能消化这些东西，孩子们却消化不了。

这里和其他地方的有钱妇女都雇佣乳母为孩子哺乳，而下层妇女中贞操概念的极度缺失又常常使其不堪信任。

你有时对我说，英国乡村女孩的举止跟美国的不同，你将前者的矜持归因于英国没有和暖的阳光。但在此地，一定是星相，而非西风，轻轻偷袭了女人的感官，导致脆弱女性误入歧途。因为有谁能看着这些石头说，是大自然的丰饶激起了人类的欲望，造成了欲望必须被满足的借口？因此，我认为必须找到一些纵欲以外的其他原因，来解释瑞典和美国乡村女孩的所作所为。根据我的所有观察，我得出的结论是，纵欲总是情感和想象的混合体，而无论是瑞典还是美国，乡村女孩对这点都没什么主张。

爱尔兰和威尔士的乡村女孩同样感受到了自然的第一冲动,而在英格兰,这种冲动被恐惧或顾虑束缚住了,这证明英国社会处于一个更先进的状态。此外,随着心灵的培养、品位的提升,激情会变得更强,并依赖于比一时偶然的同情更为稳定的东西。健康和闲散永远是滥情的罪魁祸首。某种程度上,我把每个思想活动和身体活动不成比例的人都称为闲人。

瑞典女性无论哪一种运动量都不够。当然,她们很小的时候就长得很胖了。你会说,在寒冷气候下,有这种柔和的外表是件好事,可是当她们没有这种柔和的外表时,她们的身材并不美观。好在她们的肤色大多很好,可是很快懒散就使百合取代了玫瑰。不加注意地大量食用咖啡、香料以及其他类似食物的结果是,她们每个人的牙齿几乎都损坏了,这使得她们的牙齿和红宝石般的嘴唇形成强烈反差。

我听说,斯德哥尔摩的风度因为引入了对女士的殷勤而变得高雅。但在乡村,嬉戏和粗俗的自由,加上更为粗俗的语言暗示,都使动物性保持了活跃。在整洁方面,各种各样的女人似乎都很缺乏。她们的衣着表明女人身上固有的特点是虚荣,而非品位。

男人们似乎更加缺乏对文雅的尊重。瑞典人是一个健壮健康的民族,他们以常识和幽默,而非机智或情感著称。正如你可能认为的那样,我并不把某些贵族和军官包含在这个普遍的特点中,因为他们游历广泛,是彬彬有礼和消息灵通的。

我必须向你坦承,这里的下层阶级比中等阶级更令我愉快、更使我感兴趣,因为他们有着傻里傻气的教养和偏见。农民发自内心的同情和坦率甚至产生了一种朴素的风度,常常令我觉得别致。即使在我解释不清自己的需要时,他们还是非常乐意帮助我,而且他们表达这种愿望时的态度是那么认真,常常令我感动。温柔竟有这样的魅力!爱我们的同类,遇到真诚的爱,是多么令人愉快的事。可是,我的好朋友,我又开始觉得我不愿意和头脑如此狭隘的人继续生活在这个国家里了。虽然我的心常常感到有兴趣,我的头脑却渴望和更能做朋友的人待在一起。

在我看来,比起年轻时,自然之美现在更令我着迷,因为我与世界的交往已经成型,但是品味却还没有遭到破坏。关于乡村的居民,我的幻想可能是在自我安慰。因为当它厌恶做作的举止时，它就把修养的好处和天真里那种有趣的真诚结合起来，而忘了无知自然会产生懒散。我喜欢看动物玩耍，也同情动物的悲欢。不过，我有时还是喜欢把人脸看成是神圣的，也喜欢用变化的线条勾勒灵魂和心灵。

我很快就要去乡村旅行了，这将能扩展我的谈话内容。再见！

# 第五封信

　　如果我仅仅是为了消遣而决定在瑞典旅行,我很可能会选择斯德哥尔摩,但是经过反复观察后,我确信一个民族的举止在乡村是最清楚可见的,而首都居民都有同一种属性。因此,为了获取物种的多样性,我们必须寻找远离他处的人类居所,好使气候的差异产生自然的影响。有了这种差异,也许初次见面我们就会被强烈打动,就像我们第一眼就能估计出一个人的主要特征,日后亲密起来却几乎对其视而不见一样。

　　去挪威时,因为公事所需,我需要先去趟斯特伦斯塔德(Stromstad),这是瑞典的一个边境城镇,听说也是这个国家最荒芜的地方。不过我相信瑞典的宏观特征在任何地方都是一样的,也只有宏观特征才值得描述。

每种景观都有其个性,这种个性留在记忆中,被强有力地描绘成吸引我们注意的特殊样子。然而我们却找不到语言来区分这种个性,从而能让陌生人说,这是脸,那是景色。我们可以用想象娱乐,却无法用事实储存记忆。

我想让你对这个国家的情况有个大致了解,因此我将继续用我的散漫方式,就具体情况提出我的意见和思考,并且尽量将其排序,以免浪费时间。

只要安排得当,在瑞典旅行很便宜,甚至很方便。在这里,就像在欧洲大陆其他地方一样,如果不懂当地语言,你就必须得有辆自己的马车和一个会说当地语言的仆人。有时候有个会驾车的仆人也很有用,我们就是这样。我和两位先生同行,其中一位有个德国仆人,很会驾车,这就是我们一行人的情况。我因为不想久住,就没带女儿。

由于我们选的那条路不大有人走,因此为了避免等三四个小时的马匹,我们就按惯例,头天晚上派了一个信使先行,让他在每个驿站都订好马,这样我们在到达驿站时就会经常发现马匹已经准备好了。我开玩笑地将第一组马称为"征用马",但是后来的小马也总是能够精神饱满、步履轻快地前进。

不考虑路面起伏的话，这条路的状况算是很好、很舒适了，包括驭马费和其他杂费在内的总费用不超过一瑞典里一先令。*

客栈还行，但是我不喜欢黑麦面包，因此出发前觉得有必要给自己准备些小麦面包。床对我来说也极不舒服，每次上床都像是沉到坟墓里。因为那床像是一个装满羽绒的箱子，沉浸其中，我怕还不到第二天早上就会窒息而死。即使是夏天，瑞典人也睡在两层羽绒之间，这在任何季节一定都是不健康的。我没法想象他们怎么受得了，尤其是在夏天非常暖和的时候。但是瑞典人似乎感觉不到温暖，我想他们是害怕空气，因为他们总是关着窗。我相信以他们那种加热炉子的办法，冬天我是不可能住在这样的封闭房间里的。因为他们一天只往炉子里放两次木头，待炉子完全加热后，他们会把烟道关上，不让空气恢复流动，即使房间里挤满了人也是如此。瑞典炉子用陶土制作，形状常常可以用来装饰居室，我在别处见过的重铁炉子就没这功

* 一瑞典里约等于六英里。（译者注：约合十公里。）

能。烧炉子可能很经济，但是我更喜欢火，木柴火，而且我相信柴火能吸引气流，是最好的加热房间的办法。

第二天傍晚，我们很早就来到了一个叫奎斯特拉姆（Quistram）的小村庄，决定在那儿过夜，因为我们被告知，在到达斯特伦斯塔德之前，我们将再也找不到一家像样的旅馆了。

在向奎斯特拉姆进发时，太阳开始落山，这一美景给我留下了极深的印象。我们走的那条路位于一座石山的斜坡上，坡上覆盖着一层苔藓状的植被，还长着几棵冷杉。山下有河蜿蜒，河流正在石缝中匆忙奔向大海以及大海灰色的岩石。可以看到河的左岸，右岸则平静地潜入草地，迷失在密林中。走近时，我们看到河岸上开满了可爱的野花，点缀着景色，散发出香味，似乎要使本来就已经很甜美的空气更加甜美。唉！那空气的纯净你几乎都可以看到，而不是闻到，因为当地人用腐烂的鲱鱼做肥料。他们在提取鱼油后，会把鱼随意扔在地上等待土壤吸收。

这气味真是令人无法忍受，它和我们一起进了客栈。不论气味的话，这间客栈也还不失为一个迷人的隐居之地。

准备晚饭期间，我过了桥，在河边漫步，听河水潺潺。还在马车上时，河岸的美景就吸引了我的注意，现在我走近河岸，认出了我的许多老朋友正在繁茂生长。

坐在岸上，我不禁想起一句人尽皆知的话来。在我看来，瑞典是世界上最适合培养植物学家和自然历史学家的国家。这里的每一样东西似乎都让我想起了创世纪，想起了嬉闹的自然的元初之力。一个国家达到某种程度的完美状态时，给人的感觉是它似乎生来就是如此，不会激发好奇心。此外，社会生活中有太多事发生，以至于其中任何一件都无法被大多数人清楚地观察到。然而，一个乡村的沉思者或诗人（我不是指邻近城市的乡村）却能看到、感知到庸俗眼光看不到、感知不到的东西，并得出恰当的推论。这串思绪原本可以使我走得更远——我既是说在河岸上走得更远，也是说比喻意义上的神游，但是我仍然逃不开鲱鱼可憎的蒸发，它毒害了我所有的快乐。

旅途中不容易弄到新鲜食材，于是凑合吃了一顿晚饭。饭后我回到自己的房间，等待那溪水的潺潺声诱我入眠。但是我费了很大劲才弄到足够多的溪水，来行我每日的沐浴礼。

一七八八年,就在此地,丹麦人和瑞典人打了两国间的最后一仗,给他们的世仇注入了新的活力。丹麦和挪威联军人数占优,迫使瑞典投了降。阵亡人数虽然只有十七八个,但是疾病以及粮食短缺,却在对手回国时给其造成了致命伤害。

要想在当时的出版物上查找这次交战的细节是很容易的,但是这种填满纸张的方式不在我的计划之内。如果不是要讲一件我从权威那里听来的轶事,我原本都不该说战斗是在这里进行的。

我注意到我们来客栈前下了一个陡坡,那是在我第一次向你提及这个地方的时候。一条巨大的石头山脊从一边延伸出来,客栈就藏在山石下。离客栈大约一百码的地方有一座桥,桥下有条河,那河就是我歌颂过的那条潺潺溪流,它是无法涉水而过的。当年的瑞典将军接到命令,要在桥上停下,以便夺取通道。对于一支兵力处于劣势的军队来说,这是一个最有利的据点。但是美貌的影响并不仅仅限于宫廷。客栈女主人生得很美,我见到她时,她仍然保留着当年的一些风姿。为了保住她的房子,将军放弃了这个唯一的立足点。他后来因为藐视军令而破了产。

边界临近了，随之而来的是大海的临近。自然呈现出一种越来越粗砺的面貌，或者更确切地说，世界的骨头好像在等待穿上一切必要的衣服，从而被赋予生命和美丽。但是自然仍然是崇高的。

云似乎沾染上了威胁它们的岩石的颜色。太阳也好似不敢照耀，鸟儿停止了歌唱，花儿也不再绽放。但是鹰仍然把巢穴高高地筑在岩石之间，秃鹫盘旋在这荒凉的居所之上。农舍由原木搭建而成，只有穷人居住，几乎挡不住寒气和落雪。居民们很少向外窥视，也看不到、听不到孩子们的玩耍或交谈。生命之潮似乎在源头凝结了。不是说一切都冻住了，因为你记得现在是夏天，但是一切又都显得那么沉闷，以至于我等着看冰，好让我适应这里欢乐的缺席。

而就在前一天，我的注意力还经常被我们所经过的这个国家的野性美吸引。

那些高昂着头颅的奇石上常常覆盖着松树和冷杉，它们以最美丽的方式变化着。在森林没有覆盖的黑暗深处长满了小树林，无树的山峡谷地则呈现出一派炫目的青翠，与松林的阴暗形成了鲜明对比。眼睛溜进许多隐秘之处，那里似乎早就被平静占据了，不断出现的许多小湖增添了景色的宁静安详。眼前呈现的一点文明的痕迹没有破坏这种魅力，城堡高耸的塔楼也没有压垮村舍，说明人类并不比森林里的土著更野蛮。我听说有熊，但是从来没有见过它们走上前来，对此我感到遗憾，我真希望能看到一只野外状态的熊。我被告知，熊在冬天有时会捉住一头流浪的牛，这对牛主人来说是个沉重的损失。

农场很小。事实上，我们沿途看到的大多数房屋都显示出贫穷的样子，或者说，此地人仅仅可以维持生活。越临近边界，人的相貌就越差，好像不愿把贫瘠从脸上抹去似的。房屋周围没有花园，也没有土豆或者卷心菜可以就着鱼吃下，而鱼就挂在门边的一根棍子上晾晒着。四处都种着一点谷物，大致可以辨认出它们的长茎。我们在经过这个荒芜之地时，天是阴沉的，风是凄凉的，冬天似乎在与自然抗争，微弱地挣扎着想改变季节。那简直是一定的，我想，哪怕太阳在这里照耀，它仍然无法温暖这些石头。苔藓只附着在岩石表面，分享岩石的坚硬。看不到植被，无法用希望让心喜悦起来。

我绝不认为这个世界的原始居民是生活在南方的

气候里的,因为南方自然会产生天堂。相反,我从各种情况推断,人类的第一个居所应该恰好是一个像此处这样的地方。因为很少出太阳,原始人才崇拜太阳。这种崇拜可能早于对恶魔或半神的崇拜,后者当然不会在南方的气候中肇始,因为南方总是红日当头,让人不拿太阳当好东西,或者说从来没有人感到过太阳的缺乏。这个辉煌的发光体漫不经心地撒播着自己的祝福,不被人视为恩人。因此,人必须被安置在北方,才能被诱惑着去追赶太阳,才好叫地上的不同地方都有人居住。我也不奇怪成群结队的野蛮人总是从这些地方奔涌而出,去寻找更温和之地,因为那时农耕还不存在,人类还没有和土地捆绑在一起。我们尤其需要想到以下这一点,即人类共有的冒险精神在社会的幼年期更强大,也更普遍。穆罕默德的追随者和十字军战士的行为能充分证实我的论断。

走近斯特伦斯塔德时,这座城镇的面貌与我们刚刚经过的乡村很像。我犹豫着不用"乡村"这个词,可是又找不到别的词。如果用"岩石场",听起来只会更荒谬。

镇子建在岩石场的上下。三四棵饱经风霜的树在风中瑟缩着，草长得如此之少，我不禁想起约翰逊博士夸张的论断："一个人要是能让几叶草长到以前从来没有长过草的地方，他就很能配得上他的国家。"①这话也许非常有理。尖塔照样高耸。即使是在路德教中，教堂没了尖塔也不能算是教堂。但为了防止在这种暴露的情况下发生不测，人们很明智地将塔建在一定距离以外的一块岩石上，以免危及教堂屋顶。

我四处闲逛，看见教堂的门开着，就走了进去。令我大吃一惊的是，牧师正在读祷文，而听众只有一名执事。我立刻想起了斯威夫特（Jonathan Swift）的《被深爱的罗杰》②，但是经过询问才得知，那天早上有人死了。在瑞典，人们习惯为死者祈祷。

我原本就怀疑太阳从来不敢照耀，现在更相信它出来只是为了折磨我。因为风虽然还在刮，脚下的岩石却开始热得令人难以忍受，而我本来就非常讨厌的

———————

① 这话并不来自塞缪尔·约翰逊，而是来自斯威夫特的《格列佛游记》（1726）。

② 斯威夫特在爱尔兰一个小村庄当牧师的时候，有次做礼拜，发现听众只有一个人，就是他的助手罗杰，于是斯威夫特开始布道说："被深爱的罗杰，经文多处感动你和我……"

鲱鱼的臭气现在再次向我袭来。我于是赶紧回到一个商人的家里，他是此地的小君主。那是因为他虽然不是市长，却是最富有的人。

在这里，我们受到了最热情的接待，还被介绍给了一个长得很漂亮、人数众多的家庭。我先前曾向你提过北方的百合花，现在还可以加上睡莲。因为很多人的肤色，甚至是年轻女子的肤色，都像是在雪地的怀抱里变白了。不过在年轻人中，玫瑰仍然绽放着惯常的清新。我还想知道是哪里的火被偷到此处，在他们美丽的蓝眼睛里闪闪发光。

我们夜宿于此。我准备第二天一早起床就去挪威稍作旅行。我已经决定不带同伴，乘船出海，只是没能立刻找到船。加上风高，风向也不利。有人告诉我，在这样狂暴的天气里出海是不安全的，于是我不得不等到明天，这样就多待了一天。我担心这会很麻烦，因为这家人虽然懂得大约十几个法语词，却连一句英语也不会说。他们急于逗我开心，不让我单独待在房间里。于是我们在城里走了一圈又一圈，如果走远点走到海岸上，可看的仍然只是那片被荒芜包围的一成不变的广阔水域。

两位男士想窥视一下挪威，就提议去弗雷德里夏（Fredericshall）看看，这是最近的一个镇，距挪威只有三瑞典里，往返只需一天。我想这不会妨碍我的旅行，就同意了，还请了最年长、也是最漂亮的那位姑娘陪我们一同前往。我之所以邀请她，是因为我喜欢看到一张美丽的脸上洋溢着愉快的神情，我希望有机会了解这个国家，而先生们和她一道也会很愉快。

我没有料到，在去分隔两国的渡口的路上，我们将攀登瑞典最陡峭的悬崖。

走近悬崖后，风被挡住了，温暖的阳光开始照射，溪流开始流动，松林使岩石变得多样，峭壁有时候也会突然变得赤裸和崇高。特别是有一次，在登上了最险峻的悬崖后，我们不得不穿过一个巨大的峡谷，它合拢的裂口似乎在威胁着要立刻毁灭我们。不过迅速转过身后，青翠的绿草地和美丽的湖水又一次使我的眼睛感到了陶醉和放松。

我还没去过瑞士，但一个同伴信誓旦旦地告诉我，在那里我不会发现比眼前更壮观的景色，甚至还比不上这里。

由于这次远足不在计划内，因此马匹没有事先订好，我们不得不在第一个驿站等了两小时。时间就这样消磨掉了。路况太糟，爬悬崖不明智地把时间都耗光了。但是由于我们希望每个驿站都能在某个时间点备好马，因此回程时我们能指望速度快点。

我们暂停在一个还算凑合的农场上用餐。他们给我们送来了火腿、黄油、奶酪和牛奶，收费太低了，我散了一点钱给那些偷看的孩子们，作为给农民添麻烦的补偿。

到了渡口，我们还是得等，因为摆渡人有种愚蠢的懒散。当你着急的时候，这种懒散是非常令你恼火的。不过现在我感觉不到恼火，因为爬悬崖时，我的眼睛一直盯着河水在巨大的岩石岸间翻滚。石岸被冷杉和松树覆盖，使景致更加完整，有风在树叶间沙沙作响，仿佛在哄自己与西下的夕阳一起入眠。

现在我们已经身在挪威了，我不禁惊讶于河两岸居民的举止是如此不同，一切都表明挪威人更加勤劳和富裕。邻居们很少是好友。瑞典人指责挪威人无赖，挪威人反唇相讥，指责瑞典人伪善。而当地的实际情况很可能证明两者都不公，都是从感情而非从理智出发的。当我们考虑到大多数游记作家都干了同样的事，而他们的作品却成了通史编纂者的素材，我们难道不应该感到吃惊吗？人们急于赋予一个民族所谓的民族性格，但这很少是公正的，因为自然和后天的差异没有得到区分。我相信，只要适当对其加以考虑，就会发现，自然因素仅仅是受气候影响而产生的活泼程度或者体贴程度、快乐程度或者痛苦程度的不同而已，反而是包括宗教在内的统治形式产生的影响要多得多，而且不稳定得多。

一个民族天生就被认为是愚蠢的，这是多么矛盾！人们也不想想奴隶既然没有目标可以激发其勤劳，则奴隶的能力就没法被唯一能锻炼他们的东西——自利——所磨砺。还有些人被当作畜生，被认为没有艺术和科学的天赋，而那只是因为他们的进步还没有达到产生艺术和科学的阶段而已。

那些在更大范围内思考人类历史或思想史的作家也犯了类似的错误，他们没有想到在生活必需品太难或太易获得的地方，激情都是脆弱的。

那些要求每个民族都像他们自己民族的旅行者，最好还是待在家里。例如，责怪一个民族不讲卫生、举止不文明是荒谬的，因为只有高雅的品位才能产生清洁和文明。随着社会普遍达到高雅，清洁和文明可以在任何地方产生。我想，作家能为社会提供的最根本的服务在于促进调查和讨论，而不是下那些教条主义的断言。这些断言似乎只想用想象中的圆圈把人的思想团团箍住，就像用一个纸做的球代表人类居住的地球一样。

这种探索精神是本世纪的特点。我相信，本世纪将积累大量的知识留给后世。毫无疑问，这些知识的传播将在很大程度上摧毁那些人为的民族性格。迄今为止，这类性格被认为是永恒不变的，殊不知无知才永久，正是无知才产生了这种认识。

到达弗雷德里夏，也就是查理十二被围丧命之地后，我们只能趁他们给我们准备点心的时间简单看看。

可怜的查理！我怀着尊敬之心想他，我对亚历山大也一直怀有同样的感觉，虽然他们两位被几个作家归为疯子。① 这些作家推理肤浅，错把一时的道德和不

———————————

① 此处的亚历山大指古代马其顿国王亚历山大大帝（Alexander the Great，公元前 356–前 323），他是十八世纪古典文化中有关英雄价值的道德争论的焦点，沃氏的丈夫葛德文曾在自己的小说《凯勒布·威廉姆斯》（*Caleb Williams*，1794）中借人物之口探讨亚历山大是否配得上"大帝"的称号，法国启蒙哲学家孟德斯鸠（Montesquieu）也在《法的精神》（*De l'esprit des lois*，1748）一书中辩论了查理十二和亚历山大的功绩，认为后者更高。

可改变的道德所依赖的几大原则混为一谈。他们不考虑当时的无知和偏见，也没有意识到他们自己的成就，甚至是美德，都应该归功于时代的普遍进步。如果身处一个较不发达的社会，他们是根本不具备那种脑力，也无法通过个人努力来获得他们如今所获得的一切的。

夜晚很好，就像这个季节常有的那样。离开弗雷德里夏的时候已经是九点钟了，松林散发的清新气味愈发明显。在渡口，因为没有想到要在挪威签我们的瑞典护照，我们被悉数扣留了。午夜即将来临，但是或许可以将其称为夜晚的正午。如果杨①曾往北方旅行，我不会因为他迷恋月亮而感到奇怪，可是此地并非只有夜女王一人在辉煌地统治着。因为尽管太阳已经在地平线下游荡，它却从它的车驾里把月亮染成了金色，还照亮了自己隐藏其中的峭壁。天空也用一种清澈柔和的蓝色将月亮衬托，晚星在肉眼看来是一个较小的月亮。被冷杉环绕的岩石投下巨大的阴影，使视线集

---

① 指爱德华·杨（Edward Young, 1683-1765），英国诗人、评论家，著有万行长诗《夜怨，或曰对于生死和不朽的夜思》(*The Complaint: or, Night Thoughts on Life, Death, and Immortality*, 1742-1745)，这是十八世纪英国最流行的长诗之一。

中,却没有使视线变暗,还激发起一种温柔的忧郁。忧郁又升华了想象,振奋了心灵,而非压抑了心灵。

我的同伴们睡着了,幸好他们没有打鼾。我不再害怕无聊的提问,我在思考一个我从未见过或感受过的夜。它使感官陶醉、心灵平静。随着夜晚变成清晨,空气变得芳香,内心产生了最丰富的感觉。我敞开怀抱拥抱自然,沉浸在一种隐约的愉悦心情中。孤独的鸟儿啁啾,它们感到而不是看到了一天的来临,我的灵魂也随之向自然的创造者飞升。我悠闲地记录着日的进展。灰蒙蒙的早晨闪烁着银光,它带来了东方的光芒,然后变成了紫色,多美啊!然而,我遗憾之前那片柔软的水云不见了。它激起的那份期待让我几乎不敢呼吸,唯恐会打破那份魔力。终于看到太阳了,我叹了口气。

我的一个同伴现在醒来了。看到驭马人走错了路,他开始骂他,并且叫醒了另外两个人,他们不情愿地从睡梦中醒来。

我们不得不立即掉转马头,直到早上五点才到达斯特伦斯塔德。

夜里风向变了,我的船也准备好了。

咖啡和新换的亚麻衣物使我精神一振,于是我再一次向挪威进发,打算在更北处靠岸。

我用大衣裹着身体,躺在船底的几张帆上,船的晃动摇我入睡,直到一个不礼貌的大浪打断了我的酣眠,使我站起身来。我感到孤独,但这孤独并不像昨晚的孤独那样令我感到安慰。

再见!

# 第六封信

　　大海波涛汹涌，但是由于我有一位经验丰富的领航员，倒也没觉得有多危险。我听人说，有时候船会被冲到很远的地方而迷路。不过我很少精确地计算概率，因为眼前的麻烦已经足够一天愁的了！

　　我们不得不在岛屿和大石间航行。海岸一直都在视线中，尽管它经常看起来像是一团笼罩在水边的薄雾。领航员向我保证，挪威海岸线上港口众多，都很安全，领航船也总在注意观察情况。我还得知，瑞典的海岸非常危险，有经验的帮手经常不在身边，陌生船只要想避开潜藏在海岸附近水下的礁石很不容易。

此处没有潮汐，卡特加特海峡①也没有潮汐。结果，在我看来，就是没有沙滩。也许前人也有过类似的观察，但我是直到看见海浪不断拍打光秃秃的岩石，退去时却没有留下一点沉淀物使之变硬的时候，才想到了这一点。

风本来很和顺，之后我们却不得不抢风转向，才在下午三点左右到达劳尔维格②。这是一个干净宜人的城镇，有相当多铁制品，冶铁业给镇子创造了生机。

由于挪威人不常见到旅行者，因此他们好奇地想知道我这旅人为何来此，又是何人。以至于我都想采纳富兰克林（Benjamin Franklin）博士的计划了，也就是把我的名字，从何处来，到何处去，为何而来写在纸上，供公众检阅。富兰克林之所以有此提议，是因为他说在美国旅行时，美国人也同样爱窥探。挪威人的好奇心令我困扰，但他们的友好态度也令我高兴。一个孤身来此的女人引起了他们的兴趣，也许疲倦使我看来

① 卡特加特海峡（Kattegat）位于瑞典和丹麦之间。
② 劳尔维格（Laurvig），即今天的拉尔维克（Larvik），挪威东南部海港，位于首都奥斯陆以南，建于十七世纪，拥有挪威最大的海岸森林，如今是渔业、捕鲸、航运和工业中心。

格外娇弱,总之他们走上前来帮我,打听我的需求,就好像他们担心我会受伤害,想要保护我一样。我所激起的同情心就这样从一片陌生土地的云层中飘落而下。如果不是因为我的精神被各种各样的原因所扰——比如不断的思考,几乎令我发疯的沉思,甚至还有萦绕在我心头的一丝忧郁,因为这是我第一次和女儿分开——那么这份同情将会对我产生更大的影响。

你知道,作为女性,我对女儿特别牵挂。当我反思她的性别给她带来的不独立和受压迫的状态时,我感受到的不仅仅是母爱和焦虑。我担心她会被迫为原则牺牲她的心,或者为心牺牲原则。我要用颤抖的手培养情操,我要珍视感情的细腻,以免在给玫瑰增添红颜时,磨尖了刺,刺痛了我最想守护的胸膛。我害怕敞开她的心扉,怕这会让她不适应她所居住的世界。不幸的女人啊! 你的命运到底是什么!

看我说到哪儿去了? 我本来只想告诉你,这些淳朴之人的善良给我留下的印象在我脸上表现了出来,使我的感情增强到了痛苦的程度。我本想独自一人待在房间里,因为他们对我的关注,说的那些令我难过的话,都令我非常难堪。然而,他们给我送来了鸡蛋,煮好了咖啡,让我发现我不能离开他们,否则就伤害了他们热情的好意。

这里的习俗是男女主人欢迎客人做他们家的男女主人。

我的衣服引起了女性的注意,我不禁想到愚蠢的虚荣心使得很多女性骄傲于陌生人的注视,以至于无端以惊奇为钦佩。女人是很容易犯这个错误的。当她们去外国,在人前经过时,人们会盯着她们看。引人谄媚的原因往往是帽子的样式,或者衣服的独特,然而这种注意后来却支撑起了一个奇妙、自大的上层建筑。

我没有乘马车来,我以为我会在登岸处遇到人,很快就能弄到车,不想事不遂愿。我只好耽搁下来,同时客栈的好心人让他们所有的熟人都去为我找车。终于找来了一辆粗糙的一匹马拉的两轮车,以及一个半醉的车夫,可是他不想因此而少要车钱。和我一同上路的还有一个丹麦船长和大副,前者骑马,但是骑得不太熟练,后者和我同坐。那个醉车夫也爬上了车,坐在我们后头赶马,在我们肩头挥鞭,还不肯让别人拿缰绳。我们一行人的样子实在太怪了,人们都拥到门口看我们,其中包括一个绅士模样的人。看见他,我不禁感到羞愧。我本该折断车夫的鞭子,谁让他挥鞭把妇女儿童都招了来?然而我看到那位绅士脸上笑意盈盈,于是我也放声大笑起来,弄得他也大笑,我们就这样飞奔而去了。这并非信笔乱写,因为我们着实全力奔跑了好长一段时间,那马实在是匹好马。事实上,我从来没有遇到过比挪威驿马更好的驿马,即使是一样好的也没遇到过。它们的体形比英国马结实,吃得似乎不错,不容易疲倦。

我被告知我将路过挪威最肥沃、耕种得最好的土地。这段距离是三挪威里,挪威里比瑞典里长。路况很好,农民们有修路的义务。我们奔跑在好大一片国土上,自从我离开英国,这是我见过的整饬得最好的土地了。尽管如此,还是有足够的山丘、山谷和岩石,不会让我以为是到了平原,甚至风景也不是英法那种风景,因为有河流、湖泊和水面点缀其间。直到我再次看到海,它骄傲地吸引了我的注意。我们走的这条路还经常穿过高大的树林,它们使景色越发美丽,尽管不够浪漫,比不上最近看到的那些令我愉悦的景色。

到达汤斯堡(Tonsberg)时已经很晚了,我很高兴能够投宿在一家像样的旅馆里。第二天是七月十七日,早上我和一位先生谈话,需要和他交接生意,这时我发现我会滞留于此三星期,开始后悔没带孩子来。

客栈很安静,我的房间很舒适,可以俯瞰大海,周围还有一圈悬垂的树木环绕。我想留在此处,尽管这里没有人会说英语或法语。然而,市长,我的朋友,派了一个会说一点英语的年轻女子来见我。她同意每天来看我两次,将我的要求翻译给客栈的女主人听。

不懂挪威语成了我单独进餐的绝佳借口,我说服他们让我在较晚的时候进餐,因为先前在瑞典,正餐吃得太早,完全扰乱了我的一天。我不能改变进餐时间,否则就会扰乱我作为访客的那家的日常安排,而我那时又不得不接受一个私人家庭的邀请,因此我在瑞典的住宿很不方便。

而我在挪威人中间可以有自己的时间安排。我之所以如此安排,为的就是尽可能享受挪威甜蜜的夏天。那夏天虽然短暂,却有种"飞逝般的甜蜜"。①

我从未在这种粗砺的气候里过过冬天,因此,并非冬夏的反差,而是真正的季节之美,使我眼前这个夏天

---

① 此处引用英国诗人威廉·柯珀(William Cowper)的诗句。

成了我所见过最美的夏天。不仅北风和东风吹不进来,西风还无比柔和清新,有益健康。到了晚上,就连西风也停了。白杨树的叶子颤抖着安静下来,休憩中的自然似乎在被月亮温暖,而此处的月亮是一副和蔼的样子。如果日落时碰巧下了场小雨,那么刺柏——森林的下层树种,会散发出一种野性的香味,还会混合着一千种无名的甜味,抚慰着心灵,在记忆中留下形象,永远被想象珍藏。

自然呵护情操,它是品味的真正源泉。然而,对美和崇高的快速感知——当其用于观察生机勃勃的自然,当每一种美丽的感觉和情绪都激起相应的同情,当和谐的灵魂或者坠入忧郁,或者升入狂喜,就像琴弦被触动,或者风弦琴被变幻的风鼓动一样——将会产生何等的痛苦和狂喜啊!在如此不完美的生存状态下培养这些情操又是何等危险!如果对人类的友爱,对个人的激情恰好就是对爱的展开,而这爱拥抱一切的伟大和美丽,要想根除这些情操又是何其之难!

当一颗温暖的心接收到强烈的印象时,这印象无法泯灭。情感变成情操,想象通过深情的回溯甚至会使短暂的刺激也变得永久。回忆我所看到的情景,以及我的每一条神经所感受到的神情时，我无法不带着喜悦的颤抖，因为那是我永远无法忘怀的情景和再也无法遇见的神情。那座埋葬我朋友的坟墓已经合拢，但是这位朋友，我青年时的知己，仍然和我同在。[①] 当我在荒野上漫步时，我能听到她轻柔的声音在我耳畔颤抖着响起。命运把我和另一个人分开了，但她眼里的火调和着婴儿般的温柔，还在温暖我的胸膛。甚至当我凝视这些巨大的悬崖时，崇高的情感也在将我的灵魂占有。还有，如果我说，玫瑰色的晨曦让我想起一种氤氲，除非它再次出现在我孩子的脸颊上，否则它将永远无法使我的感官陶醉时，也请你不要笑我。我也许还能将我孩儿面颊上甜美的红润藏在怀中，可惜她太小，不能问我为什么会哭。可叹泪水是如此接近快乐和痛苦。

我现在不能再写了。明天我们将谈谈汤斯堡。

---

① 指沃氏的好友范妮·布拉德（Fanny Blood，1758–1785）。一七八五年沃氏专程去葡萄牙里斯本照顾怀孕的范妮，但是范妮早产，生产时死于沃氏眼前，婴儿也仅存活很短一段时间就死了，这对沃氏是个巨大的打击，从此她毕生怀念范妮，并在自己有了第一个女儿后给孩子起名范妮。

# 第七封信

尽管丹麦国王是一个绝对君主,挪威人却似乎可以享受所有的自由。它可以算是丹麦的姊妹国,但是人民没有总督统治,也不必用自己的劳动成果养肥总督的家眷。①

挪威全国只有两个伯爵有地产,可以要求佃户对其遵守封建习俗。全国其他地方都被划分为小农场,属于耕种者所有。诚然,有些属于教会的农场会被出租,但租赁是终身制,还会以长子为受益人续租。长子不仅占有这一优势,还有权获得双份财产。不过农场

---

① 由于十四世纪时结成的联盟,挪威此时处于丹麦国王治下,但拥有很大的自治权。

的价格仅靠估计,在得到自己那份以后,长子还须对属于家人的剩余部分负责。

在十年间,每个农民每年都有义务参加为期约十二天的军事训练,但训练地点总是离其住所很近,不会使其养成新的生活习惯。

还有大约六千名正规军驻扎在克里斯蒂安尼亚和弗雷德里夏①,他们都是预备役部队,和民兵一道驻守此地,都是为了保家卫国。因此,当丹麦王储一七八八年征讨瑞典时,他不得不请求,而不是命令这些军士同他一道前往。

这些士兵大多是佃农的儿子,佃农被允许耕种自己的几亩土地。士兵们虽属自愿应征,但是服役的期限有限(六年),期满后还有退伍的自由。他们的工资一天只有两便士和面包。不过,考虑到该国物价低廉,这份工资其实比英国的六便士还多。

将地产分成小农场的做法产生了某种程度的平

_____

① 克里斯蒂安尼亚(Christiania)是一六二四至一九二五年间的名字,今名奥斯陆,即挪威首都。弗雷德里夏是一六六五至一九二八年间的名字,今名哈尔登。

等,我在其他地方很少见到这种平等。有钱人都是商人,他们必须把个人财产分给子女,儿子得到的总是比女儿多一倍。如此则财产无法积蓄,不至于造成财富过度增长、破坏自由平衡的地步。

你听我谈论自由会觉得惊讶,然而挪威是我所观察到的最自由的社会。

每一个镇的镇长或区的区长,乃至全国的法官,几乎都在行使着父权一般的权力。但他们能做的好事多,坏事少,因为每个居民都可以根据自己的判断对他们提起上诉。官员们可能总是得为自己的行为找理由,因此他们通常行事都很谨慎。"他们没有时间学习如何当暴君。"当我和一位绅士讨论这个问题时,他这样对我说。

农民们即使冒犯了当权者,也不怕被逐出自家的农场,加上他们没有选举权,选举时不会被命令投票选出假代表,因此这是一个有男子气概的民族。他们没有义务为了生存,或者为了获得有损尊严的土地使用权,或者为了在世上取得进步而屈服于任何人,因此他们能够以独立精神行事。除了自然原因引起的以外,我从未听说过有霸道或压迫这一类事。人民享有的自由也许会使他们有点喜欢争讼，还会使他们受制于狡猾的法律从业者的欺骗，但是职务的威权是有限的，其报偿不会破坏其效用。

去年，一个滥用职权的人被解职了，因为他被人民代表告到了该区的治安官那里。

挪威有四个人可以称为治安官。他们做出判决后，接受裁决的任何一方都可以向哥本哈根提起上诉。

大多数城镇附近是公地，所有居民的牛都可以在公地上任意吃草。穷人几乎全靠奶牛养活，对他们来说奶牛必不可少。除此以外，为了使生活更容易，他们还会乘自己的船出海捕鱼，鱼类是他们的主要食物。

城里的下层阶级一般都是水手，勤劳的人通常都会经营一点自己的小买卖，以使冬天过得舒适。

就整个国家而言，进口对挪威大为有利。

目前，由于价格上涨，挪威被禁止出口玉米和黑麦。

在挪威受制于从属地位的状态方面，有一点与爱尔兰的痛苦最为相像，那就是前往西印度群岛的贸易船只必须先经过挪威港口，然后再到哥本哈根卸了货，才能重新装船。这项关税其实微不足道，但是由于航行本身有危险，挪威人等于冒了双重风险。

所有带到城里的消费品都有消费税,但是官员们管得并不严格。入户搜查就像在英国一样,被认为是非常讨厌的。

在我看来,挪威人是一个理智精明的民族。他们几乎没有什么科学知识,对文学的兴趣更少,但是他们正在进入最终会产生艺术和科学的时代。

大多数城镇是海港,但是海港于进步不利。船长们通过旅行获得了一点肤浅的知识,可是他们对赚钱不知疲倦的关注使他们无法消化这些知识。而他们如此辛苦赚得的财富,就像通常这类市镇一样,都花在了炫耀和过好日子上。他们爱国,但是没有太多公共精神*。一般说来,他们的努力只是为了家庭。我认为,在政治成为讨论的话题,并且通过开放理解力而拓展心灵之前,情况将永远如此。而法国大革命就会产生这种效果。挪威人现在兴高采烈地唱着很多共和国歌曲,似乎热切地希望共和国屹立不倒,可是他们又好像非常依恋自己的王储。如果谣言能让人大致了解一个

---

\* 我认为,心灵的伟大,尤其是适用于全人类的广阔的人性,比一般以为的更要依赖理解力。

人的话,那么这位王储似乎倒也挺值得他们依恋。日后待我去了哥本哈根,我就能断定挪威人对王储的好感是建立在何等基础之上了,现在我只是重复别人的意见。

一七八八年,王储游历了挪威。他的善行给这次巡游带来了尊严,也给因他在场而激发起的喜悦带来了兴致。在汤斯堡,他赦免了一个因谋杀私生子而被判死刑的女孩,这类罪行在这个国家很少出现。那个女孩后来结婚了,成了一个谨慎细心的母亲。这可以当成一个例子,说明绝望之举并非总是无可救药的人格堕落的证明,而后者是迄今为止死刑判决所能提出的唯一合理借口。

我要把另外两三件奇闻轶事也讲给你听,我不保证它们都是真事,因为事实本身对我不够重要,我也不想费力查明它们是否属实。因为不论真假,它们都表明人民愿意把王储当作某种意义上的知心人。

一名军官在不明智的奎斯特拉姆战役中受了致命伤,他求见王储。垂死之际,他恳求王储照顾他的未婚妻,那是一名来自克里斯蒂安尼亚的年轻女子。后来王储去了克里斯蒂安尼亚,该城的上层人士给他举办了一个舞会。王储询问这个不幸的女子是否受邀,然后让人邀请了她,尽管她只是个二等居民。女孩来了,她很漂亮。她发现自己置身于上等人中间,就羞怯地尽可能坐到了门边。没有人注意她。不久,王储来了。他立刻找到她,请她跳舞,贵妇人们都觉得受到了羞辱。舞跳完后,王储把女孩领到舞厅最高的位置,坐在她身边,温柔地谈起她所遭受的损失,承诺日后无论她嫁给何人,都将由他提供生活费。故事就是如此。后来她结婚了,而他也没有忘记自己的承诺。

同一次行程中,有个瑞典小女孩告诉王储,有座桥上铺设的原木被人从下面砍了。他命人将这小孩带到克里斯蒂安尼亚,由他出资送去上学。

在我讲述王储旅途中的其他善行前,我有必要告诉你,这里的法律是温和的,除了极少发生的谋杀罪,其他任何罪行都不会被处以极刑。犯谋杀罪以外所有其他罪的犯人都只会被关在克里斯蒂安尼亚的城堡,或者更确切地说是兵工厂,以及弗雷德里夏的堡垒里接受监管和劳动。初犯和二次犯罪者的量刑年限有限,依照罪行的暴虐程度,可以是两年、三年、五年或七年。第三次犯罪后,犯罪之人会被鞭打,额头上烙印,并被判处终身奴役。这是一般的司法程序。针对一些公然违反信任的行为,或肆意残暴的行为,罪犯在初犯定罪时就会被判处终身奴役,但这并不经常发生。据我所知,终身奴役者的数量不过百人,这和八十万的人口总量相比可以说是无足轻重。如果我能在回哥德堡的路上经过克里斯蒂安尼亚,我也许会有机会了解到其他细节。

克里斯蒂安尼亚还有一个惩戒轻罪的机构,用于女犯的监禁和劳役,甚至是终身监禁。犯人的情况被汇报到王储那里,他于是视察了兵工厂和惩戒所。兵工厂里的奴隶戴着很重的铁镣铐,王储下令尽可能减轻囚犯的负担。

惩戒所的女犯被禁止和王储说话,但是有四个被判终身监禁的女人来到王储经过的通道,倒在了他的脚下。他赦免了她们,并询问女犯待遇如何,由此得知她们在进出时常遭鞭打。无论有什么过错,都会遭打,而且打不打全凭看守决定。尽管一些上层人士认为——这些人的生活状况使他们免受偷窃的诱惑——这些惩罚是必要和有益的,王储还是人道地废除了这一习俗。

简而言之,一切似乎都表明,王储确有那片履行其身份所带来的职责的雄心。这片雄心值得称赞,它受到丹麦首相伯恩斯多夫伯爵的珍视和引导,此人因能力和品德而被广为传颂。人民的幸福是一首充实的颂歌。据我所知,丹麦人和挪威人是欧洲最少受压迫的人民。新闻是自由的。他们能翻译当时法国的任何出版物,发表他们对问题的意见,还能以极大的自由讨论其所引发的问题,而不必担心惹恼政府。

在宗教问题上,挪威人至少也变得同样宽容,也许在思想自由上还向前迈进了一步。有位作家敢于否认耶稣基督的神性,质疑基督教制度的必要性或效用,但他并没有被大多数人当成怪物,而几年前人们是会这样想他的。教育方面,挪威人翻译了很多德国著作。尽管他们没有采纳其中的任何计划,但是教育已经成了挪威人讨论的话题。他们建了一些文法学校和免费学校,但是据我所知,这些学校不算太好。为了胜任普通生活,所有挪威孩子都要学习读写和算账。挪威没有大学,不教授任何值得称为科学的科目。个人也没有通过追求知识的任何分支而产生某种程度的好奇心,但是好奇心是进步的先导。知识并不是使社会中相当一部分人得以生存的绝对必要条件。而且,在它成为这种必要条件之前,我担心它也永远不会普及。

挪威矿产资源丰富,却不加开采。原因——我大胆推测多半是缺乏机械和化学知识,造成银矿生产乏力,使得每年的产银量不足以支付开采的费用。有人敦促当局雇用一定数量的人员,认为如此会有益生产。但是,必不可少的花销将永远无法避免。人员就业后,也自然会找到其他一些谋生手段,而不会成为政府的累赘,或是成为政府向其课税的社群的累赘。

在离汤斯堡大约三英里的地方有一个盐场,它和汤斯堡的所有机构一样都属于政府。盐场雇佣了一百五十多人,维持着将近五百人的生计。净利润呈增长趋势,已经达到了两千英镑。盐场督察的长子是个聪明的年轻人,他被政府派去德国考察,学了些数学和化学知识,盐场因此得以改善。他是我在这里遇到的唯一一个有科学头脑的人,当然我并不是说我在此处遇到的其他人都没有探索精神。

这个圣乌贝斯(St. Ubes)的盐场位于沙中的盆地里,靠太阳照射产生蒸发,但是这里没有海滩。此外,夏天的酷热持续很短,为了一年中如此微不足道的一段时间而设计机器是徒劳的。因此，他们总是用火煮盐，整个机构似乎都依靠判断来管理。

盐场的选址很好，环境也美。从一个在此居住了四十年的人的谈话中，我看不出这片海岸有涨潮退潮的现象。

我已经说过，除了读写和算术基础以外，挪威人很少关注教育。我还应该补充一点，那就是他们精心传授基督教教义。孩子们必须在教堂会众面前朗读，以证明他们没有被忽视。

为了能够从事专门职业，挪威人必须在哥本哈根取得学位。这个国家的人民有着良好的判断力，知道人要想在社会中生活，至少应该获得知识的要素，并在其中形成他们青年时代的依恋。因此挪威人正努力在本国建设一所大学，而作为该国最繁华的中心地带，汤斯堡就得到了最多数的赞成票。在经历了大都市的恶劣影响后，挪威人决定不在克里斯蒂安尼亚或者其附近设立大学。如果这样一个机构得以设立，它将会促进全国的学术，给社会带来崭新的面貌。奖学金已经有了，题目也出好了，而我被告知那题目是有价值的。建造这个科学之地的大学礼堂及其他附属建筑可能会使汤斯堡恢复其原初的重要性,因为它原本就是挪威最古老的城镇之一,一度有过九座教堂,现在只剩两座。其中一座非常古老,有着哥特教堂的可敬之处,可是不算宏伟,因为哥特建筑群落要想显得宏伟,外观需非常笨拙才行。温莎小教堂①可能是这条规则的一个例外。我的意思是,在它还没有被治理到目前的整洁状态之前,它算是个哥特建筑。我第一次看到温莎堂的时候,它里面的柱子已经染上了一层阴沉的颜色,等同于建筑物本身的颜色。教堂里光线暗淡,肉眼看上去像是隐藏了某些部分,又增加了一些层次似的,改造后却全都一下子涌入了视线。崇高在刷子和扫帚面前消失了。如今的教堂经过粉刷刮擦,变得明亮整洁,就像某著名家庭主妇厨房里的锅碗瓢盆一样。是的,横卧的骑士的马刺已经没了先前那层可敬的铁锈,这有力地证明了改造者对琐事中秩序的热爱,对比例和排序的品味又是何等强烈。可是如此一来,产生的强光完全破坏了建筑原本想要激发的情感,因此,当我从安

---

① 指英国温莎(Windsor)城堡里的圣乔治小教堂。沃斯通克拉夫特曾多次到访此处。

放管风琴的阁楼上听到类似吉格舞曲一样的声音时，我真觉得这是一个跳舞或者宴请的绝佳大厅。原本我在进入教堂时迈着思考的方步，现在却变成了轻快的舞步。我跳上露台，想去看看王室，脑海中一边浮现出许多可笑的画面，然而现在，我不想再回忆这些画面都是些什么了。

挪威人喜欢音乐，每个小教堂里都有一架管风琴。在我以上提到的这座教堂内，有一处铭文记载着苏格兰国王詹姆士六世——也就是后来的英格兰国王詹姆士一世——曾以非凡的皇家气度迎娶他的新娘回家一事。他曾经站在这座教堂内聆听圣礼*。

有一个小小的凹陷处，里面放满了棺材，其中的尸

---

\* "一五八九年圣马丁节，即十一月十一日星期二那天，出身高贵的王子、雅各布·斯图尔特（Jacob Stuart）大人、苏格兰国王来到此城，并于三一节后的第二十五个星期日，即十一月十六日星期日那天，立于这排座位，聆听苏格兰语布道，内容为第二十三首赞美诗《主是我的牧羊人》"，等等，以上是立于汤斯堡圣玛丽教堂内的铭文。当时，利斯（Lith）的布道人大卫·兰茨（David Lentz）在十到十二点间宣讲了《主是我的牧羊人》。

众所周知，詹姆士六世曾亲往挪威迎娶腓特烈二世的女儿，克里斯蒂安四世的姐姐安妮公主，婚礼在奥斯陆（即今克里斯蒂安尼亚）举行。因风向不顺，安妮滞留奥斯陆。如果不是有一块纪念此事的铭文立于这个教堂内，不会有人知道国王还曾在此次航行中来过汤斯堡。

身已经防腐很久了，久到人们甚至不会去猜测他们的名字。

　　世界上大多数国家似乎都有保存尸体的愿望，虽然将其称为保存是徒劳的，因为仅仅为了保护肌肉、皮肤和骨骼不腐，人体最高贵的部分都被立即牺牲掉了。看到这些人类石化物，我因为厌恶和恐惧而退缩了。"尘归尘！"我想——"土归土！"如果这不是解体，那就是比自然衰败更糟的东西，是对人类的背叛，并因此掀开了原本欣然将其弱点隐藏的可怕面纱。从来没有比看到这样的情形更令人强烈感受到主动原则的伟大了，因为没有什么是比被剥夺了生命、还干枯成了石头的人体更为丑陋的东西了，而这么做仅仅是为了保存最令人厌恶的死亡的形象。思考高贵的废墟，会产生一种令头脑振奋的忧郁。我们回顾人类的努力、帝国及统治者的命运，我们关注各朝各代的巨大毁灭。时代要想进步，似乎必须如此。我们的灵魂在膨胀，忘了自己的渺小。可是如此徒劳地试图从腐朽中攫取注定速灭的东西，给我们的记忆带来了怎样的痛苦啊。生命，你是什么？这口气哪里去了？这个"我"还活着吗？它会在什么元素中混合、给予或者接受新鲜的能量？

是什么打破了生命活力的魅力？无论如何，我都不愿意看到在我心里不朽的我所爱的人被如此亵渎地处置！呸！这真让我反胃。这就是坟墓里有钱人全部的卓越吗？他们最好还是悄悄地让平等的镰刀将他们和普通群众一起砍倒吧，也不要挣扎着妄想成为人类伟大的不稳定性的纪念物。

眼前的尸体的牙齿、指甲和皮肤都还完整，没有像埃及木乃伊般变成黑色。身上包裹的丝绸也还部分保持着粉红色，样子还算新鲜。

我不知道这些尸体在这种状态下维持了多久。如果真有末日审判，他们将有望在这种状态下一直待到那一天。在那之前，还得费点事才能让他们适应与天使为伍，而不致使人类蒙羞。上帝保佑！我深信，在我们现有的衣着中有一些可完善的原则，不会在我们才开始意识到需要改善的时候就被破坏殆尽。我不在乎接下来要穿什么衣服，我确信它会被明智地构造，以适应更高的生存状态。想到死亡会使我们温柔地依恋起自己的感情，让我想要以比平时更温柔的态度向你保证，我是你的，我希望暂时的离别之死不会持续得比绝对必要的时间长。

# 第八封信

汤斯堡以前是挪威一个小君主的住所。附近一座山上还有一个被瑞典人摧毁了的堡垒的遗迹,海湾的入口就在附近。

我时常在这里散步,却很少见到任何人,我是荒野的女王。有时候,我在岩石的掩蔽下,躺在长满青苔的地面上。大海在鹅卵石间发出声响,哄我入睡,我不用害怕任何粗鲁的萨缇①打扰我的休息。睡眠是芳香的,风是温柔的,它们振作了我的精神。醒来时,我会用一双好奇的眼睛追随那些白帆,看它们翻过峭壁,或者躲

---

① 萨缇(Satyr),希腊神话中半人半羊的怪物,森林之神,酒神巴克斯(Bacchus)的侍从,引申为好色之徒。

进那些覆盖着众多小岛的松树下。小岛从海面上优雅地升起,给这可怕的大海增添了美丽。渔夫们沉着地撒着网,海鸥则在平静的深海上盘旋。一切似乎都变得平静了,甚至连麻鸭悲伤的叫声也在配合母牛脖子上叮当作响的铃声。它们一头接一头地沿着下面山谷里一条迷人的小径,慢慢踱回它们将要被挤奶的农舍去。我不再凝视,又继续凝视,心里有种无法形容的喜悦。我的灵魂在这一幕中扩散开来,仿佛变成了所有的感官,在不惊的波涛中滑行,在清新的微风里融化,或者长上仙女的翅膀飞翔,飞到环绕着这景象的雾蒙蒙的山前,幻想绊倒在新鲜的草地上,那草地比我面前蜿蜒的海岸上的可爱山坡还要美。我再一次喘不过气来,我停下,满怀新的喜悦,追寻那令我陶醉的情操。当我将湿润的双眼从下面的广阔转向上面的苍穹时,我的目光穿透了那使蔚蓝光辉变得柔软的蓬松云层。不知不觉间我回忆起了童年的遐想,我在造物主令人敬畏的宝座前俯伏拜倒,我歇息在他的脚凳上。

我亲爱的朋友,你有时会惊讶于我天性中极端的热情,然而这就是我灵魂的温度。它并非只是青春的活力或存在的全盛期。多年来,我一直在努力平息那股浮躁的潮流,好让我的感情走上一条有序之路。但是这潮流逆流而上,我必须怀着热情去爱、去赞美,否则就会陷入悲伤。我所领受的爱的信物使我沉迷于极乐世界,净化了被其迷醉的心灵。我的胸膛仍在起伏,不要调皮地重复斯特恩的问题:"玛丽亚,还是这么热吗?"①我的上帝!它已经因为悲伤和冷酷而足够冷却了,然而,天性仍将获胜。如果我因为回忆起过去的欢悦而脸红,那也是属于快乐的玫瑰色,并且因为端庄而颜色变得更深沉,因为端庄跟羞耻引起的脸红截然不同,就像产生端庄和羞耻的感情本就截然不同一样。

　　告诉了你我的行踪后,我几乎无须告诉你,我的体质已经在这里得到了更新,我已经恢复了活动,甚至还胖了一点。去年冬天我的鲁莽,以及我给孩子断奶期间发生的一些不幸的意外,都使我陷入了一种从未有过的虚弱状态。而我在瑞典居住期间,及至到了汤斯

---

① 语出英国作家劳伦斯·斯特恩(1713-1768)的《感伤之旅》(*A Sentimental Journey*, 1768)一书,是书中主人公、敏感青年、"多情客"约里克对玛丽亚所提的问题,起因是后者提出用自己的胸脯烘干约里克被泪水打湿的手绢。《感伤之旅》是本欢笑嬉闹的书,玛丽亚却是一个沉浸于丧夫之痛、不能自拔的悲伤之人。

堡以后,每天晚上更是被一种缓慢的高烧所折磨。偶然间我发现有条小溪从岩石间流过,最后流到了一个供牛群饮水的小盆地里。那水我喝着像铁,无论如何,水是纯净的。我相信,送病人去各种温泉饮水的良好效果更多源于空气、运动和环境的变化,而非水本身的疗效。因此,我决定每天早晨去那里散步,从泉水仙女那里寻求健康,分享她给来此阴凉地歇息的人专门提供的饮料。

同样的偶然也让我发现了一种新的快乐,同样有益我的健康。我想利用近海的优势去海边洗澡,但是这在城市附近是不可能的,也不方便。我跟你说到过的那个年轻女人提议用船把我从岩石间划过去。但是她怀孕了,于是我想学划船,坚持要撑一只桨。划船不难,事实上我不知道还有什么是比这更愉快的运动了,我很快就成了专家。我用思绪掌握划桨的节奏,或者我让船被水流挟持,随水漂动,同时也让自己沉溺于愉快的遗忘或者错误的希望中。希望是多么错误的东西!然而,没有了希望,又有什么能够维持生命?只有对毁灭的恐惧,这是唯一令我恐惧的东西。我不忍去想不能活着、失去自我会是什么样子,尽管存在往往只是一种对悲惨的痛苦意识。不,在我看来,我不可能停止存在;这种活跃躁动、对欢乐和悲伤同样敏感的精神也不可能只是有组织的尘埃,不会在将其聚拢起来的弹簧崩裂或者火花熄灭的那一刻四散飞扬。在这颗心里,一定有什么东西是永不朽亡的,而生命也不仅仅是一场梦。

有时候,海面很平静,我拿起桨,搅动漂浮在水下的无数小海星,这让我觉得好玩。我以前从未见过海星,它们没有硬壳,不像我在海边见过的那些生物。它们看起来就像一团带白边的加厚的水,中间有四个不同形状的紫色圆圈,上面有数量惊人的纤维或白线。一碰它,这团浑浊的物质就会转身或者合上,先是一边,再是另一边,动作非常优雅。但是当我把其中一个海星放到一只长柄勺里——我用这勺子把船里的水舀出去——它又像是变成了一种无色的果冻。

我没有看到海豹。先前在瑞典登陆时,有很多海豹追逐我们的船。尽管我喜欢在水里玩,却一点也不想加入海豹的游戏。

你会说,不要再用高贵的人类语言描述无生命的自然和野兽了,给我讲讲这里的人吧。

和我有生意往来的那位先生是汤斯堡市的市长。他的英语表达清楚明白，而且也很有理解力。如果我们能够经常交谈，我是可以从他那儿获得很多信息的，可他实在是事务繁忙，我对此很感遗憾。当我有机会了解镇上人的想法后，我发现他们对市长履行职责的方式极其满意。他懂的事多，判断力也不错，能激发起人们的尊重。同时他还有种性格——几乎可以说是欢乐——又能使他能够调和分歧，让邻居们都保持好心情。"我的马丢了，"一个女人对我说，"但是从那以后，每次我送东西去磨坊，或者外出，市长都会借给我一匹马。如果我不去找他借，他是会怪我的。"

　　在我逗留期间，一个罪犯因第三次犯罪而被打了烙印，但是他得到的救济又使他宣称断他案子的法官是世界上数一数二的好人。

　　我给这个可怜人送了几次东西，让他拿去狱中用。虽然东西不多，但是由于此事出乎他的意料，他表示很想见我，这让我想起了我在里斯本时听到的一件轶事。

　　有个可怜虫被囚禁了好几年。在此期间，油灯发明了。最后这人被处以残酷的死刑。行刑路上，他唯一的希望就是能让他有一个晚上的休息时间，看看城市的灯光点亮后是什么样子。

在市长家我和宾客们一起吃饭，之后，我被邀请和他的家人一起去最有钱的一个商人家里过了一天。虽然我不会说丹麦语，但是我知道我能看到很多东西。是的，我相信我虽然无法与人交谈，但是我已经对挪威人的性格形成了一种非常公正的看法。

我知道我会被人引荐，但是当我突然被领进一间屋子，看到屋里全是衣着考究之人时，我却感到一丝不安。我环顾四周，眼睛最后停留在几张非常漂亮的脸上。她们有着红润的脸颊，闪亮的眼睛和浅棕色或金色的头发。我从来没有见过这么浓密的金发，搭配着她们健康的肤色，看起来真的很美。

这些女人似乎是懒惰和活泼的混合体。她们几乎从不出门，所以惊讶于我居然离家千里。她们非常喜欢跳舞。她们的教养很好，但举止毫不做作。当其被一种特殊的欲望激发，想要取悦于人时，便会展现出一种优雅的风度，就好比目前的情形。她们认为我孤身一人、处境很糟，但是又对我很感兴趣。于是她们围绕在我的身旁，给我唱歌，其中一位最漂亮的姑娘还非常亲切地吻了我，因为我怀着一定程度的热情，向她伸出了手,迎接了她的目光。

晚宴上的人们很热情,只是我们在餐桌上待的时间太长了。姑娘们唱了几首歌,其中有几首是翻译过来的法国爱国歌曲。夜愈深,她们变得更加热闹起来,我们一直用手势交谈。由于她们的头脑完全未被开发,因此我并没有因为不能理解她们而损失太多,相反我可能得到了更多。因为想象或许填补了画面中的空白,使情况于她们更有利。无论如何,她们激起了我的同情。第二天,有人告诉我,她们说很高兴见到我,我是那么和善可亲,这真令我受宠若惊。

男人们通常是船长。有几个人英语说得不错,但他们都只是讲求实际之人,观察范围都很狭窄。我发现哪怕我能忍着他们吸烟时喷出的烟雾与之交谈,也很难从他们那里获得任何有关他们国家的信息。

我受邀参加其他宴会。我总是感觉食物太多,吃起来太耗时。说大吃大嚼是不恰当的,因为一切都是如此公平和温柔。仆人们慢悠悠地服侍,正如女主人们慢悠悠地切肉。

这里的年轻女性,还有瑞典的年轻女性,牙齿大多不好。我把这归结于同样的原因,即她们喜欢华丽的服饰,却不注重个人卫生,结果造成美像花朵那样即开即逝了。她们中也极少有谈吐有趣之人,因为谈吐需要情操和成就的赋予。

这里的仆人也吃劣等食物,但是男主人不能随意殴打他们。我原本可以加上女主人,但有人向市长提出了此类控诉,说是有女主人殴打仆人,才让我知道了这一事实的存在。

尤为不公的是工资很低,衣服的价格也远高于食物的价格。在我居住的旅馆里有个年轻女人,她是女主人孩子的奶妈。她一年只挣十二美元,可是照顾自己的孩子就得花掉十美元。孩子的父亲跑了,不想负担这笔费用。此类单身状态最最痛苦,它激起了我的同情,使我想到哪怕最令人得意的幸福计划也是靠不住的。这些思考令我感到极度痛苦,我真想问,难道这个世界被创造出来就是为了将所有的不幸组合起来加以展示吗?当我问着这些问题时,我的心因痛苦而扭曲,这时我听到这个可怜的女孩子在唱一首忧郁的小曲。我在心里说,现在说你被人抛弃还为时过早。然后我赶紧走出屋子,独自去完成我的夜间漫步。现在我回来了,我什么都能说,就是不准备再说发现自己失恋后的痛苦,以及一颗心被抛弃的孤独和悲伤。

如果父亲是谁可以确定,那么父母有义务共同承担私生子的抚养费用。但是,如果父亲失踪、出国或出海,则母亲必须单独抚养孩子。然而这类意外并不能阻止女子结婚,带一个或几个私生子回家的事也不稀奇,私生子女会和婚生子女一起友好地成长起来。

我煞费苦心地想知道有什么书最初是用他们的语言写成的。但是,要想得到任何有关丹麦文学的确切信息,必须等到去了哥本哈根再说。

挪威语发音柔和,很大一部分词以元音结尾。一些翻译给我的话措辞也很简单,令我很高兴也很感兴趣。在乡下,农民们彼此以"你"相称。只靠在集市上碰头,他们是学不会城里人的礼貌称谓的。我认为挪威的大城镇不设市场很不方便。有东西要卖的农民需要去邻近的城镇,挨家挨户地卖。令我感到惊讶的是,居民们并没有感到这类做法于买卖双方都很不方便,也不会对其加以纠正。当我向他们提出这个问题时,他们承认自己确实意识到了这一点。镇上没有屠夫,造成人们经常缺乏必需品,不得不买自己不想要的东西。但这是习俗,要改变长久以来的习俗,他们没有这个精力。当我试图说服当地妇女不要给孩子穿太多衣服，因为这样会伤害孩子时，我也得到了类似的答复。搪塞我的唯一说辞是，她们必须跟别人一样。简而言之，在任何有关变化的事情上和他们讲理，都会被他们用"镇上人会说"来制止你。一个有头脑、有很多钱、可以确保受人尊敬的人在此地可能是会非常有用的，他能引导当地人正确对待孩子、照看病人、吃简单烹制的食物。这样的人得是伯爵夫人。

想到这些偏见，我就想起立法者的智慧来。他们以拯救灵魂、服侍天国为借口，建立了一些有益身体的制度。严格说来，这种做法可以被称为虔诚的欺诈。我钦佩那两个自称来自太阳的秘鲁人①，因为他们的行为证明他们想要启迪一个愚昧的国家。而要想使愚昧者服从你，甚至关注你，唯一的办法只能是使他们怕你。

———————

① 秘鲁古时属于印加文化，信奉太阳神，秘鲁人自视为太阳神的后裔。文中提到的这两个来自太阳的秘鲁人，应该是指秘鲁传说中太阳神的儿子曼科·卡帕克（Manco Capac）和女儿玛马·欧克利奥（Mama Oclla）。他们是兄妹也是夫妻，受太阳神指派来到人间，教男人耕地、制作农具，教女人纺线织布，最终组成国家。

关于惰性征服理性就说这么多。但是,征服一旦发生,曾经因为对人有用而被视为神圣的寓言就有可能遭到嘲笑。普罗米修斯独自一人盗火以激活人类中的第一个人,尽管爱通常被称为火,但是人类的后代已经不再需要超自然的帮助来保存人类这个物种了。当理性使人确信,从事最高尚事业的人才是最幸福的人,也许就再也没必要假设人是受到了天启才去反复灌输那些需要特殊恩典的职责了。

再过几天,我就要动身前往挪威西部,然后再由陆路返回哥德堡了。我无法想象离开此地而不后悔。我是先说地方再说人的,尽管在挪威人的朴实善良中有一种温柔,使我依恋上了他们,但是这种依恋也激起了一种与我离开赫尔①前往瑞典时截然不同的遗憾。那个殷勤款待我和我的弗朗西丝②的亲切的家庭,他们的幸福和愉快足以使我产生最亲切的回忆,而无须动用对社交晚会的回忆来激发它。良好的教养赋予同情以

---

① 赫尔(Hull)是位于英格兰北部约克郡(Yorkshire)的港口城市,现为英国大海港之一,是英国与北欧国家的贸易中心。

② "弗朗西丝"(Frances)和"范妮"称呼不同,前者正式,后者是昵称,但都指沃氏的小女儿。

尊严,机智赋予理性以热情。

　　再见!我刚刚得知我的马已经等了一刻钟了,我现在要冒险独自骑马外出了。尖塔是一种地标。我有一两次迷了路,周围没人,也没法问路时,就不得不走到树篱与沟渠上方的尖塔或风车旁。

　　谨上。

# 第九封信

我已经告诉过你,在挪威只有两个贵族拥有大地产。其中一位在汤斯堡附近有栋房子,但是房子已经多年没人住了,因为主人一直在宫廷侍奉,或是出使外国,他现在是丹麦驻伦敦的大使。房子的位置很好,周围的田土也很好,但是房子和土地被忽视的样子清楚地表明家里没人。

在我看来,一个大房子如果只有仆人居住,任其将家具蒙上,开窗透气,那么一种愚蠢的悲伤就总会笼罩在这所房子之上。我走进去观赏家族画像,就像走进卡布利特(Capulet)①家族的坟墓一样。这张画中的人穿

---

① 莎士比亚名剧《罗密欧与朱丽叶》中朱丽叶家族的姓氏。

着盔甲皱着眉头,那张则身穿貂皮面带微笑。霉菌不会尊重高贵的长袍,虫子一样会在美丽的面颊上肆虐。

这里无论是建筑结构还是家具样式,都无法把我从一条老松庄严伸展的大道上带离。时间给老松常绿的叶子披上了一层灰白色的外衣,它们矗立着,像极了森林里的老公公,正在被四面八方崛起的后代庇护着。这里的树林还有很多橡树,比我在挪威其他地方加起来见到的还多。我也从来没有见过这么大片的白杨林在微风中摇曳,使风发出声音,不,是乐音,因为旋律似乎在我周围插上了翅膀。林荫道气味清新,使我振奋,屋里却阴冷潮湿,差别就是如此之大。而那些满是灰尘的帷幔和虫蛀的图画所引起的阴郁思虑,和林荫道抚慰人心的忧郁阴凉所激起的遐想又是那么不同。待到冬天来临时,这些威严的松树高耸在雪地上,一定会大大减轻眼睛的负担,给白色的荒芜带来生命。

白天松林和冷杉林不断重现,有时看得人厌烦,但是到了晚上,再也没有比这更美,或者更恰当地说,没有比这更能产生诗意的景象了。当我在林中穿行时,我被一种神秘的崇敬打动,我向树林可敬的影子致敬。林中居住的不是仙女,而是哲学家,他们似乎永远都在沉思。可以想象,他们怀着某种存在的意识,平静地享受着他们散发的快乐。

我的情感常常令我浮想联翩,让我想起很多诗意小说的起源。在孤独中,想象不受拘束地展现着自己的理念,还会停下来狂喜地崇拜自己创造的生命。这是幸福的时刻,我会愉快地将其回忆。

我几乎忘了说我想说的事,也就是关于伯爵的事。伯爵在自己的地产上可以任命牧师、法官和各种文官,但是批准的特权归王室。而且伯爵能任命,却不能解雇。他手下的佃户终身占据他的田地,同时也需要随时听候他的召唤,到他为自己保留的那部分田地上干活,不过佃户们干活是有工钱的。简而言之,我很少听说有贵族如此无害于民。

我注意到一点,那就是相比我以前见过的任何一个花园,伯爵庄园周围的花园是维护得最好的,于是我开始思考封建土地制的好处。佃户们有义务按规定价格在伯爵的田地和花园里干活。他们从园丁长那里得到指示,而这些指示往往在潜移默化中使其成为有用之人,并能在自己的小农场里成为更好的农夫和园丁。在社会的这个阶段,只有伟人能够旅行,水手对于风土人情的观察还非常有限。因此伟人们先是为了提升自己的舒适感,把改良的想法带回家,然后这种舒适感才会在人群中逐渐传播开来,直到人们被激励着开始独立思考。

主教的收入不多,教士们到主教处面领圣职之前须由国王任命。牧师住宅通常附带一个小农场,居民们除了支付教堂的费用,还自愿一年三次送给牧师一点钱。路德教被引进时,教会土地遭到没收,想要获得这些土地的愿望很可能是这场宗教改革的真正原因。什一税从未被要求以实物支付,它分三部分,一部分给国王,一部分给领圣俸者,第三部分用来修复破旧的牧师住宅。什一税不算多,各类公务员的津贴也太少,几乎无法确保其经济独立,海关官员的津贴同样不足以负担购买生活必需品的费用,因此难怪官员们会在必要时动用欺诈手段。除非每一个就业岗位都有足够的薪水奖勤罚懒,但又没有高到允许其占有者无所事事,否则公德是不可指望的。正是这种收入和劳动比例的失衡使人堕落,产生了赞助人和客户这样的谄媚称呼,以及那种众所周知的邪恶的团队精神。

农民们既好客又独立。有一次我在一个农户家里避雨喝咖啡,想付钱给他,结果被这人生气地质问:一点咖啡还值得付钱吗。农民们抽烟,喝威士忌,但是不像以前那样多。醉酒这种往往伴随好客而来的耻辱,在这里,以及在其他任何地方,都会在未来让位于殷勤和优雅的举止。但是这种变化不会突然发生。

各阶层的人都经常去教堂。他们还很爱跳舞。挪威的星期天晚上和天主教国家一样,都在跳舞中度过,这既能振奋精神,又不会损害心脏。劳动之余的休息就应该快快乐乐。和伦敦街头恪守安息日时散发出的愚蠢的沉寂相比,我在法国的星期天(或者叫迪卡迪①)从周围的面庞上捕捉到、感受到的快乐才更像真正的宗教感情。我记得过去在英国乡村,教堂执事们经常在礼拜期间出去走动,为的是看看能否抓住几个不走运的正在玩滚木球游戏或九柱球游戏的家伙。可是还有什么比玩球更无害呢?我认为,如果能在星期天鼓励人们活动(不包括拳击比赛),那么对英国人来说将

———————

① 法国大革命期间实行新历法,将一个月分为三个星期,每个星期十天,第十天是星期天,法语名叫"迪卡迪"(decadi),为法定休息日和节庆日。

是一个巨大的优势,因为这可能会阻止卫理公会的发展,以及那种狂热精神的蔓延。我此次来瑞典的途中曾经到访约克郡,我惊讶地发现,自从我搬离那里,一种阴郁狭隘的思维方式已经渐渐成了势。很难想象十六七年间一个地方的道德会变得如此糟糕。是的,我是说道德。遵循形式,避免实践,本身固然无关紧要,却常常取代对责任的经常关注。而责任是那么自然而然,以至很少有人会炫耀般地将其履行,虽然这么做值得法律和先知的一切教导。另外,在这些被迷惑的人当中,有很多人固然心善,实际上却丧失了理智,变得悲惨,对诅咒的恐惧将他们打入了一个配得上这个词的状态——他们真像受了诅咒一样。更可怕的是,他们追随教士,期望自己得救,却忘了现世的福祉,也忽视了自己家人的利益和安康。因此,当他们获得虔诚之名时,也变成了游手好闲之人。

贵族崇拜和狂热主义似乎也在英国占了上风,尤其是在我提到的这个地方。我在挪威却几乎没有看到这其中的任何一种。人们经常参加公众礼拜,但是宗教并不妨碍挪威人工作。

农民们伐木时会把土地清理干净,因此这个国家每年都在变得更加适合涵养其民。据我所知,半个世纪前荷兰人只付伐木的钱,因此农民们很高兴只砍树而不给自己增添别的麻烦。现在,他们对木材的价值有了正确的估计。不,我惊讶地发现,即使树木看似很多,木柴价格却仍然昂贵。森林的破坏或者逐渐减少可能会改善那里的气候。发展工业需要智慧,因此他们的举止也会自然地得到改善。幸运的是,人类在很长一段时间内对地球的创造不算野蛮,否则地球的大部分地方将永远不会变得适合人类居住,因为将人类提升至远高于原始状态之上的是耐心的劳动。人类本来只求生存,不想劳动却产生了美化生存的事物(不管那事物是什么),并且为追求艺术和科学提供了闲暇。我的朋友,我从未像在挪威这般深刻思考人类通过勤劳所能获得的益处。我明白这个世界需要人类的双手将其完善,当这项任务自然而然让人施展出他的能力时,人就不可能再停留在卢梭所谓的愚蠢的黄金时代了。说到人类幸福这个话题,人类的幸福在哪儿?它是以无意识的无知,还是以高尚的心灵,居住在它所居住的地方的?它是不假思索的动物精神的后代,还是幻想的精灵不断围绕预期的快乐飞来飞去?

地球上不断增长的人口必然趋于改善,毕竟人类的生存手段因发明创造而倍增。

你在美国可能也做过类似思考,我猜美国的面貌就像挪威的荒野。我喜欢我每天对之沉思的浪漫景象,最纯净的空气使我充满活力,周围人朴素的举止也使我感到有趣。然而,最能迅速令感情生厌的也正是这无人注意的朴素。因此,我差不多相信,如果流放在外,离开那些知识较为进步的国家——即使这些国家还不完美,有思想的头脑对之也还不满意——我就不可能活得舒适。甚至现在,我开始渴望听到你在英国和法国都做了些什么。我的思绪从这片荒野飞向世界上文雅的所在,直到我再一次回忆起它的恶行和愚蠢。我将自己隐身于林中,可是又发现有必要重新走出,否则我就看不到提升我本性的智慧和美德何在了。

人类认识自己所需要的时间可真长啊,但是,几乎每个人的自知甚至都比他对自己乐意承认的还要多。我不能马上决定是否应该为自己在孤独中翻开心灵史上新的一页而感到高兴,尽管我可以冒昧地向你保证,对人类的了解越多,我对你的品格和判断力的尊重就越多。再会!

# 第十封信

我的朋友，我又一次离开了。昨天我告别了汤斯堡，但是打算在回瑞典的途中再次返回此处。

通向劳尔维格的路很好，这是挪威农作最好的地区。我以前从未欣赏过山毛榉树，此处看到的零星几棵更让我喜欢不起来，它们又瘦又长。如果不是庄严笔直地矗立在它们近旁、挥动着巨大枝干的松树与这样狭隘的规则正好相反，看起来很美的样子，我就不得不承认，美是需要一些曲线的。

在这些方面，我的理性迫使我以感性为标准。任何激发情感的东西于我而言都有种魅力，尽管我坚持认为，通过温暖想象力——不，几乎是通过创造想象力——来培养头脑，会产生品位和各种各样的感觉及情绪,会使人分享美和崇高所激发的精致的快乐。既然感觉和情绪没有穷尽,不如就将"无限"这个经常被误用的词当作"适当"的同义词吧。

但是我又偏离主题了,我本想对你说的是一片高大的山毛榉林所产生的效果。它们枝叶轻盈,能够透过些许阳光,照得叶片发亮,构成一副我从未见过的清新优雅的模样,令我想到了有人对意大利风景的描述。但是这种转瞬即逝的优雅似乎是魔法的效果,让我在不知不觉间放轻了呼吸,生怕破坏了这种真实,尽管它更像是幻想的造物。德莱顿关于花和叶的寓言①并不比眼前的景象更富有诗意的幻想。

不过,还是告别幻想,也告别所有那些使我们天性崇高的情感吧。我到了劳尔维格,发现自己置身于一群形形色色的律师中间。看着这些被邪恶扭曲的面容,听着那些不断使无知者陷入困境的狡辩,我不禁背过脸去,感到恶心。随着民智的开启,这些蝗虫的数量

————————————

① 英国诗人约翰·德莱顿(John Dryden, 1631-1700)所著《古今寓言集》(Fables Ancient and Marden, 1700)中有一首六百行的诗,名为《花与叶:凉亭中的女子》(The Flower and the Leaf; or, The Lady in the Arbour),诗中将花朵短暂的乐趣与象征高尚劳动的月桂树叶作比。

可能会减少些。但是在社会生活的这一时期，一般人总是狡猾地关注自己的利益，其度量却因局限于少数事物而变得异常狭窄，以至于无法在公共福祉中发现个人利益。法律这个职业使一类人变得比其他人更为精明自私，恶行将这些人的才智打磨得无比尖锐，让他们在这里破坏道德，混淆是非。

从我所掌握的一切情况来看，伯恩斯多夫伯爵确实把人民的利益放在了心上。他深知律师们的为人，因此他最近采取了一个举措。他先是命令各区区长按照地方的大小，遴选出四到六位最有见识的居民而非法律人士，然后再让公民从中选出两位担任调解员。调解员的职责是止息诉讼，调解分歧。分歧双方在每周开会讨论前不得提起诉讼。如果会议达成和解，则予以登记，双方均不得反悔。

这些手段可以阻止无知民众向那些应该被公正地称为挑起冲突的人寻求建议。借用一句明显的粗话来说，长期以来，后者"搬弄是非"，靠在争抢中捕获赃物为生。我们有理由希望伯恩斯多夫的这一规定能够减少这类人的数量，遏制他们的恶意举动。但是，在确立陪审团审判制度以前，挪威几乎是不可能有公正的。

不被收买的法官往往胆小，害怕得罪那些胆大妄为的无赖，唯恐在自己身边养一群黄蜂。对责难的恐惧破坏了所有的人格力量。尽管法官们力求谨慎，却忽视了正直。此外，他们的良知和才干没有可以凭借之物。他们只能依证据行事，哪怕内心认为这证据是错误的。[1]

劳尔维格有一个相当大的铁厂，生产粗糙的铁制品。此镇附近有个湖，为铁厂所属的几家磨坊提供生产所需的水。

这个铁厂属于劳尔维格伯爵。没有他那样的财富和影响力，这样的工厂是建不起来的，因为个人财富还不足以支撑这样的事业。然而，城里的居民认为伯爵的产业规模太大，妨碍了商业，不是件好事。本来小农场主能将木材送到邻近的海港装船运走，但是伯爵希望增加他所拥有的木材的价值，就不许木材被这样逐渐砍伐，这样一来贸易就转入了其他渠道。除此以外，

---

[1] 沃斯通克拉夫特此来北欧是为了打官司，此话应该是有感而发，大约是说自己是正义的一方，但却提不出证据，相反犯罪的一方似乎很能拿出些证据。

此处的海湾地势开放，很不安全，当地人可以说不占地利。当我得知大风将一条船冲到街上，造成船只失事时，我都禁不住笑了出来。挪威沿海良港密布，最大的一个镇却偏巧摊上了最糟的一个港。

现任伯爵的父亲是伯爵家族的一位远亲，他常住丹麦，于是儿子也以他为榜样。他们拥有这片产业的年头还不长，而其前任就住在镇子附近。此人将一股奢靡之风带到了镇上，从各方面败坏了当地居民的习惯，但居民们财产有限，本不该像他那样大肆挥霍。

我对当地人的举止所知甚少，但我知道的并不令我喜欢，不像我喜欢汤斯堡人那样。我预先得到警告说，越往西，随着运输代替农业，人会变得越发奸诈狡猾。这是因为他们的城镇建在光秃秃的岩石之上，街道是狭窄的桥梁，居民都是海员或船主，还经营着商店。

这次旅行我住的旅馆，以及我在劳尔维格住的旅馆都和以往不同。旅馆很好，人很文明，住宿条件很体面。瑞典旅馆的供给似乎好些，但是收费也高，这是我应该公正地补充的一点。我在汤斯堡的账单比我在瑞典的高很多，比应该定的价格也高很多，因为当地的食物其实相当便宜。的确,汤斯堡人似乎把外国人看成以后再也见不到,因此可以大胆敲诈的陌生人。[①] 西海岸的居民因为与世隔绝,将东海岸的居民当作陌生人对待。这个地区的每个城镇似乎都是一个大家庭,镇与镇之间相互猜疑,每个镇都不许别的镇骗他们,可是他们自己却可以骗自己。不论对错,同一个镇的人在法律面前都会互相支持。

幸好我在这次旅行中有一位同伴,他的视野比同胞们开阔得多,英语说得也不错。

有人告诉我,我们仍然可以坐在敞篷车里前进一又四分之一英里,然后就没有什么选择了,只能骑马走一条糟糕的小路,或者坐船,坐船是通常的旅行方式。

因此,我们预先把行李送走装船,然后慢慢跟在后边,因为路上多岩石和沙。然而,我们途经了几片山毛榉林,它们清新的浅绿色枝叶,以及树木组合在一起的优雅姿态令我喜悦。林中很是阴凉,但又不至于完全

--------

① 此处对汤斯堡人的描述似与上文("我对当地人的举止所知甚少,但我所知道的并不令我喜欢,不像我喜欢汤斯堡人那样")相左,但是原文如此。

看不见太阳。

我走近水面,惊奇地发现有一小群房子舒适地坐落于此,还有一家很好的旅馆。我本想夜宿于此,但因为顺风,又夜空晴朗,我又不敢相信风向不会变(明天那不确定的风向),只好立刻在夕阳中离开了赫尔杰拉克。

虽然位于开阔的海面之上,但是我们在岩石和岛屿间航行的次数比我从斯特伦斯塔德来时还要多。山和岛经常形成非常独特的组合。山脊虽高,却少有裸露,几乎全被植被覆盖。松树或冷杉的种子被风或浪带到山上,长了起来,经受风吹雨打。

然后,我坐到了海上的一条小船里,满怀悲伤和忧虑,和陌生人一道,任波涛将我从一个地方打到另一个地方,我感到:

> 如同一丛孤零零的灌木被随意抛掷,
> 随着每次狂风的来临而颤抖叹息!①

---

① 出自爱尔兰诗人奥利弗·哥尔德史密斯的《旅行者,或社会的前景》(*The Traveller*; *or*, *A Prospect of Society*, 1764)。沃斯通克拉夫特的引用与原文稍有出入。

最大的一些岩石上其实有小树林生长,那是狐狸和野兔的藏身之地。我想它们在冬季里被冰绊住了,不会想要在解冻前重回陆地。

在几个岛上有领航员居住。挪威领航员是世界上最好的领航员,他们熟悉自己国家的海岸,随时都在观察信号和帆的情况。他们只需要向国王和管他们的官员缴纳少量的税款,就可以享受他们不知疲倦的劳动所获得的成果了。

其中有个岛叫"处女地"①。它有一片绵延半挪威里的平地,土壤有一定深度,岛上有三个农场,耕种得相当不错。

我在一些光秃秃的岩石上,看到一些零散的房屋,位于渔民居住的小木屋之上。我的同伴向我保证,这些屋子是非常舒适的住所,不仅有生活必需品,甚至还有可以被视为奢侈品的东西。现在我已经来不及上岸确定事实了——如果你允许我管那些颤抖的岩石叫作"岸"。

但是下雨了,夜越来越黑。领航员说如果我们还

_____

① 今约姆弗吕兰岛。

要前往一个半挪威里以外的目的地东里瑟尔（Risor），那么情况将会非常危险。于是我们决定在一个小避风港里停下过夜，那里有大约六七间房屋，散落在一块大石弯曲处的下沿。尽管天色越来越黑，我们的领航员还是机敏地避开了暗礁。

我们到达时大概是十点，屋主老妇人很快就给我准备好了一张舒服的床——有点太软了，但是我太累了。我打开窗，让最甜的微风吹我入睡，然后我就沉入了最舒适的睡眠中，它太能振奋精神了。好客的岩洞精灵肯定曾经在我的枕上盘旋。如果我醒来，那是为了听风在精灵中发出悠扬的低语，或是为了感受清晨的温和气息。轻眠会做梦，让我看到天堂就在眼前。我的小天使又把脸藏在我的怀里了。我听到她甜美的咕咕声从悬崖上敲打着我的心，我看到沙滩上她小小的脚印。新生的希望像彩虹一样出现在悲伤的云层中，微弱，但是足以消弭绝望。

一场令人神清气爽却又瓢泼而下的阵雨把我们困在了此处，于是我独自一人待在这里写信，我的心情不只有愉快，可惜我找不到词语描述它。

我几乎可以想象自己是在努特卡海峡（Nootka Sound）①，或是在美国西北海岸的某个岛上。我们来的时候是从岩石间一条狭窄的通道进来的，此刻从这间屋子望出去，那块岩石要比想象中浪漫许多，挂在门边晾晒的海豹皮也更加强了这种幻觉。

　　这的确是世界上的一个小小角落，但是你会惊讶地发现住宅很是清洁舒适。架子上不仅闪耀着锡制品和女王陶②，还有一些银器，不过都太笨重，不够优雅。亚麻布很好很白。所有妇女都会纺织，厨房里有一台织布机。家具的布置体现了人的品位（此事无法模仿）；主人想满足客人的愿望里有一种善意，比那些城镇里一味模仿的礼貌好太多！城里人假装有教养，可是他们无穷无尽的礼节真是令人疲惫不堪。

　　女主人是个寡妇，她女儿嫁了个领航员，家里有三头牛。他们在大约两英里外有一小块地，在那里他们为冬天制作干草，然后用船带回家。居住于此的生活费用很低，如果有船因为天气或其他原因进了港，他们

---

　　①　加拿大西海岸和温哥华岛之间的一个海峡。
　　②　一种上釉的家用陶器。

还会从这些船只那里挣点钱。从他们的家具看，我怀疑他们也干点走私的营生。现在我能相信对其他人家的情况的描述了，而昨晚我还认为这有点夸张。

我一直在和一个同伴谈论挪威的法律法规。这是个很有常识和爱心的人，是的，他有一颗温暖的心。这已经不是我第一次不带情地谈论心了，心和情是不同的。心取决于感情的正直和同情的真实，这些特点比激情更温柔。情则来自更崇高的源头，称之为想象力、天才，或者叫别的什么都行，总之它非常不同。我一直在和这些简单、可敬的"人"①（让我告诉你我会的一个丹麦词吧，我总共也就会十来个）一同欢笑，我让我的心向他们流淌尽可能多的同情，只要他们能接受。再见！我必须去爬岩石了。雨停了。让我抓住欢乐的翅膀起飞吧——明天我可能会忧郁。现在我所有的神经都在和自然的旋律保持同步。啊！让我在还能快乐的时候快乐吧。我一想到眼泪，眼泪就出来了。我必须逃离思想，在强烈的想象中寻找逃避悲伤的避难所，这是一颗易感的心唯一的慰藉了。幸福的幻影！卓越的

---

① folk，在丹麦语中是"人"的意思。

理想形式！再一次把我包围在你的魔法圈里吧。让理智允许我放纵感情吧，好让我把记忆里的失望一扫而光。这失望不仅使同情痛苦，而且阅历越多，失望就越多，而不是越少。

再一次再见！

# 第十一封信

上封信写完不久，我就离开了波图尔（Portoer）这个我提到的小港口。海上波涛汹涌，让我意识到领航员不趁夜色朦胧之际去更远的地方冒险是对的。我们已经同意付四美元雇一条从赫尔杰拉克（Helgeraac）来的船。我提到钱数，是因为当地人会向陌生人索要双倍的价钱。我在斯特伦斯塔德雇的那条船就花了我十五块。准备出发时，船夫提出要还给我们一块钱，让我们坐当地的一条船去，因为住在当地的领航员对海岸更加熟悉。这位领航员只要一个半美元，这个价钱很合理。而且我发现他还很有礼貌，相当聪明。美国革命期间，他在美国服过几年役。

我很快就意识到，必须有一位经验丰富的水手引导我们,因为我们必须不断调转方向,才能避开那些就快到达水面的礁石,这些礁石只有在波浪拍打时才能看得见。

沿着这片荒芜的海岸航行时,它的景色使我不断思考。我预料到世界的未来会有改善,我也在观察人类到底还有多少事情要做,才能从地球上获得它所能产出的一切。我甚至将我的猜测推到了遥远的一两百万年之后,那时候地球的农耕可能已经完美,人口也已经饱和,甚至有必要将每个地方都安排上人类居住,是的,也包括这些荒凉的海岸。想象走得更远些,如果地球不再能支持人类将会怎样?人类要逃到哪里才可以躲避随处可见的饥荒?别笑,我还真为这些未出生的同类难过。这些影像纠缠着我,世界就像一座巨大的监狱。很快我就要进入一个小一点的监狱了——我无法给里瑟尔起别的名字。如果你从未见过这些岩石海岸,你就很难对这个地方形成概念。

我们花了好长时间才进入这片岛屿,然后就看到大约两百座房子挤在一块很高的岩石下了,那岩石上看起来还要更高些。说什么巴士底!在这里出生,就意味着天生会被隔离在一切可能打开头脑或者扩展心灵的事物之外。房子一座接一座挤在一起，只有不到四分之一的房子可以看到海。搭几块木板，就成了两个房子之间的通道。你必须经常像爬梯子一样攀爬这些通道，才能进入房子。

岩石间那条唯一的路通向一个住家。如果我告诉你，附近岩石上的小片土地是由这个住家的已故居民带过来的，你就知道此地有多贫瘠了。有一条对马来说几乎无法通行的路通向阿伦达尔，那是在更西的地方。

我想出去走走，就绕着一块大石爬了近两百级台阶，上下走了大约一百码的路，才看到海。然后我很快又顺着斜坡踏着台阶下来了。大海和这些巨大的岩石壁垒将我四面包围。我感到被禁锢，想要肋生双翼，飞到更高的悬崖上，因为那里的陡峭绝壁是再顽强的腿脚都无法抵达之处。可是又有什么可看的呢？只有一望无际的水，看不到含笑的自然，也没有一块生机勃勃的绿色来舒缓酸痛的双眼，或者改变冥想的对象。

我感到呼吸困难，尽管空气无比清新。我独自一人闲逛，觉得独处很好。我的脑子里充满各种想法，它们被眼前新的景象飞快地唤起。但是一想到接受生存,留在这里,留在无知的孤寂中,直到被迫离开这个我还只看了一点的世界,我就不寒而栗。这是因为此地居民的性格和他们的住所一样荒芜,而且还不具备他们住所的那种粗犷之美。

由于此地没有工作,只有运输,而走私是获利的基础,因此最粗糙的诚实感觉也会很快被削弱。你可以认为我是就一般而言的。好在即便自然和环境中有种种不利因素,也还是会有一些值得人尊敬的例外。它们之所以更值得称赞,是因为欺骗是一种极具传染性的精神疾病,它能把人心里的慷慨榨干。事实上,在这个地方,或者说在岩石形成的包围圈内,没有什么亲切的东西出现。而且,现在回想起来,我发现,我一生中遇到的最和气、最人道的人物都是那些最能体会乡间宁静景色所能激发的情感的人。而在此地,人们睡觉时关窗,甚至平时也极少开窗。他们抽烟,喝白兰地,讨价还价。怎么做才能使他们像人一样呢? 我差不多都要因这群吸烟者而窒息了。他们从早抽到晚,直到晚上睡觉前几乎都是烟不离嘴。最恶心的莫过于傍晚时分的房间和人了:口气,牙齿,衣服,家具,一切都被糟蹋了。此地的女人幸好不娇弱,否则她们爱丈夫的理由就只能是这个男人是她丈夫。也许,你还可以补充一句,说此话不必局限于世界上这么小的一处。的确,此话只在你我之间,我也是同样看法。你切不可说这个影射不雅,因为它其实说得还不到家。

要不是我下决心写信,我会发现禁闭于此的三四天乏味无比。没有书看,只能在一个小房间里踱来踱去,看岩石下屋顶上的瓦片,人很快就会厌烦。我不能一天几次爬两百级台阶,走一百码的路。此外,岩石因为吸收了太阳的热量,会热到令人难以忍受。尽管如此,我的状态很好。即便当地人性格中有种对金钱的肮脏热爱所造成的精明——这点令我厌恶——但是他们迫使我做出的那些比较却因为需要发挥我的理解力,反而使我的内心保持了平静。

在任何地方,财富都要求人给它以太多尊重,但在此地,财富却几乎要求人献出自己所有的尊重。钱是人们追求的唯一目标,不是通过"灌木和荆棘"①,而是通过"岩石和波浪"。然而,有时候我问自己,如果我被

---

① 语出英国诗人威廉·柯柏名为"无须惊慌"（*The Needless Alarm: A Tale*）的叙事诗。

禁锢在这样的地方生活,钱财于我何用?我只能用它来排遣某些痛苦,或者使痛苦不再发作,但是剩下的生活将是一片空白。

当前的旅行强化了我的观点,即,没有一个地方像乡村小镇那样令人讨厌和无法使人获得提升。我想把时间在城镇和乡村之间平分。在乡间,我想住在一处孤宅,从事农耕和种植,让头脑在孤独的沉思中汲取力量。而在都市,我可以擦掉思想的锈迹,打磨沉思自然带来的好品味。当我们顺生活之流而下时,我们会怀抱如此的希望,而机遇会比我们制订的最好计划更能满足求知欲。有需求就会有一定程度的努力,尽管它或多或少会令我们感到痛苦,可是那可能是我们所有人必须为知识所付出的代价。有多少作家或艺术家是可以不靠技艺谋生就达到显赫地位的?

昨天我被公事打断,被劝说去和英国副领事共进晚餐。他的房子面海,令我不觉得拘束。餐桌上款待殷勤,令我相当愉快,只是酒喝得太多。自打跟那些没有受过教育的人打交道以来,就经常领教这样的待客方式。他们的钱财比智慧多,也就是说,他们不知道该拿钱怎么办才好。此地的妇女毫不做作,但没有汤斯堡妇女那种经常引人注目的自然和优雅。她们的衣着甚至也很不相同,浑身上下衣饰华丽,就像赫尔或朴次茅斯①地方水手的女人一样。除了炫富,品味还没有教会她们如何展示财富。然而,即使是在此处,我也感觉到了初步的进步,而且我相信这种进步将会在半个世纪的时间里带来明显改变。为了配合农耕的节奏,改进本来就不应该太快。改进举止将会提升道德。最近出版的一些最有用的德国作品的译本,已经有人开始在读。在我们的聚会上,还有人唱了一首歌,嘲讽那些联合起来反对法国的国家。大家还举杯诅咒那些瓜分波兰的人。

夜晚非常平静美丽。由于无法行走,我要求给我一条船,作为享受自由空气的唯一方式。

现在看出去,镇上的景色极好。一座巨大的石山矗立在它身后,还有一个巨大的悬崖伸展在它两侧,合围成了一个半圆。岩石的凹陷处有一丛松树,其中一棵树的树尖耸起,美得像画。

教堂墓地几乎是此地唯一的青翠之处。的确,在

---

① 这两个地方都在英国。

此地,友谊从坟墓延伸,给谁一块墓地就是给谁恩典。不过如有选择,我宁愿长眠于岩洞中。自从我昨晚爬过了它们崎岖的山坡,并聆听了我所听过的最美妙的回声后,我就对岩洞有了更多的理解。我们随身携带有一支法国号,它逐渐消失的回声中有一种迷人的野性,很快就将我带到莎士比亚的魔法岛①。看不见的精灵似乎在到处游走,从一个悬崖飞到另一个悬崖,安抚我的灵魂,使之平静。

我不情愿地回去吃晚饭,等着被关进温暖的房间,去看岩石的巨大阴影在沉睡的海浪上延伸的样子,这是房间里唯一能看的东西。我在窗前静立片刻,直到听到客厅里传来一阵嗡嗡声。间或有孤零零的船桨划水的声音传来,使得眼前的景象更加庄严。

来这之前,我几乎想象不到简单的岩石会有如此多有趣的组合:总是宏伟,时常崇高。晚安!上帝保佑你!

---

① 指莎士比亚戏剧《暴风雨》中流放米兰大公普罗斯佩罗(Prospero)的魔法岛。普罗斯佩罗最有名的一句台词是"我们的本质原来也和梦的一般,我们的短促的一生是被完成在睡眠里面"。(《莎士比亚全集·暴风雨》,梁实秋译,中国广播电视出版社,1995 年,第 139 页)

# 第十二封信

　　前天我离开了东里瑟尔。天气很好，但是太过平静，以至于我们在水上徘徊了将近十四个小时，才走了大约二十六英里路。

　　我把我们在赫尔杰拉克的登陆看作是一种解脱。寄居磐石之间时，那种无处不在的禁锢感使我如今看待陆地如同应许之地一般。相比之下，如今这居所是多么自由，形势因此焕发出新的光彩。我们终于可以在陆地上旅行了，我先前从没想过这也会是一种安慰。曾经我的眼睛被太阳照在水面上的闪光弄得疲惫不堪，现在终于可以心满意足地徜徉在一片广袤的绿色之上了。我相信，在此之前，青草地从来没有让我的眼睛感到如此愉快过。

我凌晨即起,动身去汤斯堡。大地仍然洋溢着喜悦的神情,而我的灵魂也敏感于它的魅力。一路上我们把最崇高、最浪漫的悬崖抛在身后,几乎是在不断下降中到达汤斯堡。满眼所见皆是极乐世界的景象,因为不仅大海,山脉、河流、湖泊和树林都变化无穷。农户们正在把干草运回家,沿途的农舍看起来也很舒适。周围似乎是一派和平与充足的景象——我不是说富足,但是越接近我的老住处,我却越感到悲伤。看到太阳这么高,我很难过,时候已经是正午了。汤斯堡有点像个家,但是我回去时却看不到任何人的眼里闪烁着喜悦。我害怕我房间里的孤独,希望夜晚能够隐藏我开始涌出的眼泪,或者就让我的泪洒在我的枕上,我闭上眼不去看一个我注定要孤独漂泊的世界。为什么自然对我有如此之多的魅力,它呼唤和珍视优雅的情操,却刺伤养育这情操的胸怀?建立在美德和原则基础上的幸福计划是多么虚幻,也许最最虚幻。在一个半文明的社会里,还有什么痛苦的入口是这样的幸福计划打不开的?当温柔永远都在找借口时,从自觉的正直中产生的满足感就不会使受伤的心平静下来。自我喝彩是一种冷淡的孤独,它无法不在替代失望的爱的同时,给每个前景都投下阴影。快乐被驱逐,痛苦也无法被排除在外。我想了又想。我的心太满,我无法留在屋里。为了换来休息,或者更确切地说是为了换来遗忘,我走出去,一直走到筋疲力尽。

这一天消磨在工作中,明天我要动身去莫斯(Moss),然后再去斯特伦斯塔德。在哥德堡,我会拥抱我的小范妮,她或许已经不认识我了。如果她不认识我,我会受伤的。多么幼稚啊!不过,这是一种自然的感觉。当我有事务缠身时,我不允许自己沉溺在对爱的"浓重恐惧"中。然而,每当我看见一头小牛在草地上跳跃时,我都无法不想起我的小淘气。你说小牛?是的,一头很好的小牛,我承认。

我无法平静地写作——每时每刻都沉浸在遐想中——我的心怦怦直跳,不知道为了什么。傻瓜!你该休息了。

世人不断赞颂友谊和家庭幸福,然而,这两者在世上却又如此之少。因为要保持爱意不减,即使是在我们自己的心里,所需要的心灵修养也比一般人想象的多。除此之外,很少有人愿意以真面目示人。对于不感兴趣的观察者来说,某种程度的朴素,以及不加掩饰的信任几乎等于软弱,但是它们正是爱或友谊的魅力,不,是本质。也就是说,所有童年的迷人优雅都将再现。因此,哪怕只为实践我的品味,我都喜欢看见相爱的人在一起。他们的每个表情都能打动我,都能在我的想象中留下不可磨灭的印象。然而,追求新奇的热情必不可少,因为它能刺激早已变得陈腐的倦怠的同情心。正如做作的举止同样必不可少一样,虽然它被错误地称为良好的教养。它能取悦那些品味有缺陷,需要不断依靠动物精神取乐的人。这种动物精神无法靠想象力维持。相比属于心灵的情操,动物精神会被不可避免地更早耗尽。友谊一开始通常都是真诚的,只要有东西维持,它就能继续。然而既然友谊的支柱通常都是新奇感和虚荣心的混合物,那就难怪它会在短暂的停留后衰落。在某个剧里,一位花花公子对他想奉承的人说:"我喜欢你,几乎就像我喜欢一个新认识的人一样。"这话很能恭维人,效果超出他的想象。我为什么要谈起友谊呢?自从谈起这个话题,我就像在追赶大雁一般胡思乱想。其实我本来只是想告诉你,在此地,乌鸦和大雁都属于候鸟。

# 第十三封信

　　昨天,八月二十二日,我离开了汤斯堡。到莫斯只有十二三英里的路,沿途经过一片乡村,这片乡村没有我迄今在挪威经过的乡村荒凉。景色往往很美,但很少是宏伟的。它能填满头脑,却不能安抚头脑。

　　我们经草地,穿过树林,四周阳光普照。沿途尽管没有城堡点缀风景,我却看到了很多舒适的农场,其数量比我在同一距离中,甚至是在英国农作最佳处看到的农场的数量都要多。农民的小屋散居其中,外观驱散了我所有因思考贫穷而产生的阴郁想法。

　　干草还在运输,因为挪威的丰收是一波接一波的。树林里的树木种类更多,还有灌木点缀其间。我们再也没有遇到那种带着野性的雄壮延展开来的巨大松林了,这种松林展示的只是时间的缓慢衰退,或者自然元素交战所造成的破坏。不,橡树,白蜡,山毛榉,还有英国树林里所有轻巧优雅的住客,都在这里繁茂生长。我没见过多少橡树,因为这里的人告诉我,大部分橡木都来自西边。

在法国,农场主一般都住在村子里,这对乡村极为不利。但在挪威,农民们总是自有农场,或者是终身佃农,他们住在农场里。他们还给一些农工提供住处,许其免费居住,并在农舍旁占有一小块土地,不仅用作花园,还可以种植各样庄稼,如黑麦、燕麦、荞麦、大麻、亚麻、豆子、土豆和干草。这些庄稼在农舍周围呈带状播种,陌生人看到会想起农耕最初的样子,那时候每个家庭都必须是一个独立的社区。

农工们因为住在农场主的土地上,就以每天十便士的价格为其干活,他们也有足够的空闲时间耕种自己的土地,并为过冬储备一些鱼。家庭成员中,妻女纺纱,父子织布,因此可以相当公平地说农工们是独立的。他们手里也有一点钱,能买咖啡、白兰地和其他一些奢侈品。

我唯一不喜欢的是兵役制,它比我最初以为的更能束缚农民。诚然,民兵每年只受召一次,但在战争期间,他们别无选择,只能抛离家人。即使是手工业者也不能豁免,除了矿工。矿工之所以可免,是因为国家鼓励创业时需要投入资金的企业。更为专横的是,某些地区的人被指定当陆军,其他地区的人则被指定当海军,因此一个农民天生就是要当兵的。如果他因为爱好想出海,那是不允许的,可是当水手是临近这么多海港的人的自然愿望。

这些法规体现出专制政府的本质,因为丹麦国王是欧洲最专制的君主。但在其他一些方面,专制政府似乎又想要藏身于宽仁的背后,以至于法律几乎变得无效。任何想要改变旧俗的做法,都要征求全国的意见,还要对之深思熟虑。我曾有几次注意到,由于害怕显得暴虐,理应实施的法律,或者理应由更好的新法代替的旧法就那样任由废止了。这种错误的温和近乎胆怯,它偏向的是人民中最不受尊敬的人。

我在路上看到,不仅牧师住宅外观良好,牧师助理的居所也很舒适,而且牧师助理还可以耕种教会的属地。每个国家的牧师助理都是举足轻重的人物。用个恰当的词来说,他是这样一个存在:他为自己那点一知半解的学问自豪,也为牧师折射在他身上的刻板的良好教养而骄傲,尽管他在牧师面前表现出的奴性让他的这种良好教养显得怪异。

教士阶层的遗孀可以在其夫去世后的十二个月内继续领取生活津贴。

到了渡口,去莫斯的路还有大约六到八英里,我看到了挪威最平坦的海岸。先前在周边看到的景象已经让我准备好迎接到达海岸时的景观变化了。因为来的路上,自然的雄壮已经逐渐减弱,变成了美丽。然而,岩石的规模虽小,却精致地聚集成林,直至与水相接。一切似乎都不事雕饰,崇高无处不让位于优雅。道路常常像游乐场上铺就的碎石路,树木也让人以为它们只是用于装饰。草场像草地一样变幻无穷,显出自然率性的优雅。正在成熟的玉米和其他东西一样,都使景观更为丰富。

南方的天空从来不像这里这么美,风也比不上这里柔和。的确,我得出的结论是,世界上最甜美的夏天在北方。当地球从冰封的镣铐中挣脱出来,当被束缚的溪流重新恢复惯常的流动时,植被开始迅速繁茂起来。幸福与气候之间的平衡可能比我最初预想的要公平得多。当地人热情描述冬天的种种快乐,可我一想到这些就不寒而栗。他们把欢乐的聚会以及公事聚会都安排在冬天举办,这时他们会以惊人的速度,以最直接的方式,滑着雪飞过树篱和沟渠。

一进莫斯,我就被一团蓬勃的生气所震撼,那似乎是勤劳的结果。最有钱的居民开商店,其举止甚至房屋布局都与英国的约克郡商人类似。但是他们比后者更独立,或者说自我感觉更重要,因为他们觉得自己是这里的上等人。我没有时间去看来自克里斯蒂安尼亚的安克尔(Anker)先生的铁厂,他有钱,也有进取心。在劳尔维格看了那些铁厂后,我并不急于去看这里的铁厂。

我在这里遇到了一位聪明的文学家,他急于想从我这里收集信息,好知道法国过去和现在的形势。哥本哈根印刷的报纸和英国报纸都对法国大革命的暴行和痛苦作了最夸张的描述,但是前者却没有做出任何明显的评论和推论。而挪威人尽管和英国人联系更多,会说英语,举止也爱模仿英国人,却对法兰西共和国抱有良好的愿望,还以最热烈的兴趣关注着法国军队的成功。事实上,他们如此坚决地原谅一切,还认为暴君的诉求自有其必要性,因此抹黑为争取自由所做的斗争,以至于我都很难说服他们相信罗伯斯庇尔是个怪物。

对这个问题的讨论不像在英国那样广泛,讨论者也仅限于少数神职人员和医生,以及一小部分有文学爱好和空闲时间的人。当地人大部分从事诸如船主、店主、农场主等职业,他们在家有足够的事情要做。想发财的雄心可能在他们当中形成了一种常识,决定了也局限了他们的内心及观点。前者(心)他们都给了家人,女仆也包括在他们的圈子内——如果无法分享他们的兴趣,也能分享他们的乐趣;后者(观点)他们都用在了监督工人上——包括那种讨价还价的高尚科学——即以最低的价格买到一切,以最贵的价格卖掉一切。我现在比以往任何时候都更相信,与科学家和艺术家的交流不仅能够传播品位,还能让人获得理解力的自由。没有了这种自由,结果就是很多时候我都遇不到仁爱之人。

此外,你在挪威虽然不会听说有多少偷窃之事,但是人们会问心无愧地购买某种价格的东西,那价格一定会让人相信东西是偷来的。我有一次得知,两三个有名望的人从流浪汉那里买了一些物品后被人发现了。这世上有多少美德是伪装出来、做给人看的？又有多少源于自尊？前者太多，后者又太少，以至于我想问问那个老问题了，那就是，真理，或者更确切地说是原则，在哪里可以找到？这也许是一颗不安的心的蒸发，是感情被伤害，几乎要发疯的奔涌。但是不说了，让我们在另一种存在状态下讨论这个问题吧，到那时真理和正义将主宰一切。造成我们与人性争吵的伤害是多么残酷啊！现在，黑色的忧郁萦绕着我的脚步。悲伤在所有未来的前景上撒上霉菌，希望也不再将其镀上黄金。

雨天的早晨使我无法享受一个风景如画的国家的景致带给我的乐趣。虽然我们走的这条路途经大片耕地，那规模比我在挪威通常看到的都大，但它还是保留了这个国家所有的野性魅力。岩石仍然包围着山谷，灰色的山脊突出了其上的绿意盎然。湖泊看起来像是海洋的枝丫，而海洋的枝丫则呈现出平静的湖泊的样子。溪流在鹅卵石和滚落其间的碎石上潺潺流淌，给树木带来了奇妙的变化，也把树根暴露了出来。

事实上，松树常遭破坏并不奇怪。松树沿水平方向滋生根茎,几乎要贴到地表,只需一点土壤就足够给那些附着在峭壁上的枝丫提供养分。在我看来,再没什么比松树的茂盛生长更能清楚地证明,空气才是树和其他植物得以滋养的主要原因。冷杉所需的土层更深,它们很少能同样健壮,或者如此众多地生长在荒芜的悬崖上。它们躲避在裂缝里,或者需要借助松树历经岁月轮转为它们准备的立足点。

在去克里斯蒂安尼亚,或者说在下到克里斯蒂安尼亚的路上,天色虽有些阴沉,我的眼睛还是被一条宽阔起伏的山谷吸引了。它在一座被松树覆盖的高山的庇护下伸展开来,那山的形状好似一个高贵的圆形剧场。农舍散落各处,散发着生机,不,是美化了景致,那是一种仍然保留着很多原始野性的景致,农舍的点缀是如此必要,到了让人几乎看不出来的地步。牛在修剪过的草地上吃草,它们圆滚滚的身子衬托出草地生动的绿色,与正在成熟的玉米和黑麦形成鲜明的反差。玉米长在山坡上,没有我在气候温和处见到的多,也没有那么茂盛。一阵清新的微风吹过谷物,分开了它们纤细的茎秆,可是麦子并没有以其惯常的漫不经心的尊严甩着头,仿佛自然早已将它加冕为植物之王。

我们驱车下山时，看到左边岩石上有制作明矾留下的毁坏的痕迹，这几乎完全糟蹋了这边的景色。我不懂制作明矾的过程，只看到石头被烧得通红。可恨这种行为留下大量垃圾，把人类勤劳的形象展示成了毁灭性的。克里斯蒂安尼亚的位置当然是不同寻常地好，这样的海湾我以前从未见过，它有力地向我展示了一个远离海上风暴的安全之地是什么样子。周围的一切事物都很美，甚至宏伟。但是，无论石山，还是给它们增色的树林，都无法与我在西边看到的雄壮景象相比。至于那些"覆盖着皑皑白雪，永不消融"的山丘，科克斯先生①如此这般的描述引导我将其寻找，但是它们飞走了，我只能徒劳地四处寻找它们高贵的背景。

几个月前，由于粮食短缺和随之而来的粮价抬高，克里斯蒂安尼亚人揭竿而起了。反抗的导火索据说是因为从克里斯蒂安尼亚给莫斯运送了一些粮食，但是克里斯蒂安尼亚人怀疑这只是把货物运走的借口。我不确定他们的猜测是否有错。贸易的招数不就如此

① 早在沃氏踏足北欧之前十年，就已经有英国游记作家威廉·科克斯（1747–1828）来过此地。

么！安克尔先生——粮食的主人——为避众怒,试图骑马出城,结果被人发现了,群众向他扔石头,还聚集在他家周围,极其冲动地要求释放那些因骚乱而被捕的人。大治安官于是谨慎地认为应该释放被捕者,以免引起更多纷争。

你可能认为我对商业的态度太严厉了,但是以目前的经营手段看,商业确实磨灭了最神圣的人道和正直的原则,令我无法对它说一句好话。投机是什么,不过是一种赌博,甚至可以说是诈骗,只要会耍花招就能中奖。当我听说商人(还有人误以为他们名声挺好),当然还有财主在当前这场战争中耍的一些花招违背了一般的诚实原则时,我就萌生了这些想法。这些人运输物资和损坏的货物的目的很明确,就是要让它们落入英国人手中,因为英国人曾经保证过会偿还扣押的中立国的货物。还有加农炮,因为无法使用而被运回国,也成了他们绝佳的投机买卖。船长在接到命令后会在附近巡航,直到与英国护卫舰相遇。我相信很多人为船只被扣所苦,但我也相信英国政府错担了商人的指控,因为是后者想方设法让自己的船只被扣的。这么干的不光是丹麦人。再见,我必须利用这一刻的好天气出去走走,看看这个城市。

我在克里斯蒂安尼亚受到了礼遇。这种礼遇更像是标志着全世界——而非只有这一地——的礼貌正在进步当中。到达的第一晚,我就与当地最时髦的人士共进晚餐。我几乎认为自己来到了一群英国女士当中,因为此地的妇女在举止、衣着,甚至美貌上都与英国妇女非常相似——想必我最美丽的女同胞们不会遗憾与大治安官的夫人为伍吧。现场有几个姑娘很漂亮,但是大治安官的夫人比她们都出色。而且,更令我感兴趣的是,我不能不注意到,这位夫人虽然有着大人物那种轻松的礼貌,却也保留了挪威式的朴素。实际上,她的谈吐中有一种优雅的羞怯,真是非常迷人,难以描画。我多少有些吃惊,因为她丈夫很像是一个旧制度下的法国人,或者更确切地说像是一个朝臣。每个国家都有这种动物,而且他们在每个国家也都是一个模样。

在这里,我看到了独裁统治的魔鬼偶蹄。我曾向你夸口说挪威没有总督,但是这些大治安官,特别是住在克里斯蒂安尼亚的这位高级治安官,却是和总督同属一个物种的政治怪物。哥本哈根和其他宫廷一样,贫穷的谄媚者靠关系和人脉得到供养。挪威尽管没有陷于爱尔兰的悲惨境地,但是仍能令人感到它是个二手政府。为了有利于那个称霸于己的国家(丹麦),它被剥夺了一些天然的优势。

大治安官们大多是来自哥本哈根的贵族,他们的表现是头脑平庸者在这样的职位上总会有的表现。也就是说,他们模仿一定程度的宫廷派头,如此却与治安官的独立属性相冲突了。此外,他们对地方上的法官保有一定权力,其中一些法官行使的是真正父权制的司法,于是这些法官痛苦地感到被人操控。我的朋友,不知为何,在这个城市里,我的多思似乎正在滑向忧郁,或者说迟钝。在乡村时,我的心里一直燃烧着幻想之火,现在却由于思考困扰大多数人的种种弊病,几乎都被扑灭了。我感觉自己像是一只徒然在地上振翅的鸟,既飞不上天,也不愿像爬虫一样安静地爬,因为我知道自己有翅膀。

我走出去。每当心灵压抑、头痛不已时,室外的空气总是我的良药。不经意间我的脚步迈向了要塞。看到奴隶们脚戴镣铐地干活只能令我更加气愤于社会的法规,它对干粗活者是如此歧视。尤其是其中一些劳动者的表情里还有活力，这就不可避免地引起了我的注意，甚至令我对他们产生了尊敬。

我希望透过铁栅栏看到一个人的脸，他因为诱使农民反抗政府强加在他们头上的某些法令而被关押了六年。我无法获得有关此事的确切说法，然而，由于反抗的对象是一些包税人①，我倾向于认为反抗并非全无根据。此人一定有点口才，或者掌握着真理，因为有几百名农民起来支持他，并且因为他被囚而愤恨不已。这囚禁可能是终身的，尽管他向上级法院提出了几次非常强烈的抗议，令法官因为惧怕被人挑剔而不愿判处他刑罚，还利用法律光荣的不确定性拖延了判决——这是一个只能出于国家原因才能调整的决定。

我在这里看到的大多数奴隶并非受到终身监禁。他们的劳动并不辛苦，而且露天里干活还能使他们的身体免受监禁之苦。加上允许他们彼此交流，也能和周围要塞里的士兵交流、夸耀手艺，因此很自然的一个

---

① 包税人是欧洲封建时代受王室委托承包征收间接税的人，他们预先将税额一次性交给国库，取得王家税收权，再向纳税人征收，由此造成腐败。法国的包税制最为恶劣，是最终酿成法国大革命的原因之一。

结论是,相比入狱时,他们在出狱时会成为更可靠、更专业的手艺人。

不必追溯思想间彼此联系的源头何在,只需要知道眼下这种联系令我想到,头天晚上围绕在我身边的星星和金钥匙不仅令其佩戴者蒙羞,也使我现在看到的脚镣蒙羞,甚至更羞耻。我甚至开始调查为何我会怀疑前者产生了后者。

挪威人太过喜欢宫廷的荣耀和头衔,尽管这些东西没有附加的豁免权,还很容易花钱买到。矿主有很多特权:他们几乎可以免税,在他们的土地上出生的农民,以及在伯爵土地上出生的农民,可以不用当兵或者当水手。

有一种荣耀令我觉得好笑——在霍屯督人①眼里,那或许更像是贵族的战利品吧。那是一束猪鬃,别在马头上,那部分的马具上还经常挂着一块圆形的黄铜,晃得人眼睛发酸。

---

① "霍屯督"(Hottentots)是欧洲人对居住在南非好望角地区的科伊科伊(Khoikhoi)部落的称呼,该词经常出现于欧洲十八世纪的作品中,意思是最原始、最野蛮的人类,后也用以泛指任何不文明的族群。

我从要塞回到住处，很快又被带到城外，去看一幢漂亮的别墅和一座英式花园。对一个挪威人来说，这两者可能都是好奇的对象，都有益处，因为它能使人展开对比，从而导致进步。然而当我凝视别墅时，我却在忙着赋予它周围环境的特征，从而恢复它的自然或品味。在高大松树的掩映下，在巨大岩石的凹陷里，蜿蜒的小径和开花的灌木都显得那么微不足道。小一点的树木形成的树丛可能会被掩蔽在松林之下，融入风景，它所展示出的艺术只是为了让人知道附近有一个装饰得还比较雅致的人类居所。可是很少有人有足够的品位能够判断出装饰的艺术在于有趣，而非惊人。

　　克里斯蒂安尼亚的地理位置当然非常宜人。在这段旅程中，所到之处我看到了很多美好和精心栽培的风景。但是，除了初来时的第一眼印象，我后来很少再看到非常新奇、如画、让人过目不忘的组合了。再见！

# 第十四封信

　　克里斯蒂安尼亚是一个干净整洁的城市,但它没有任何建筑上的优雅。建筑的优雅理应与一个民族举止的优雅相匹配,否则屋外会使屋内蒙羞,还会使旁观者产生一种财富过度而品味缺失的想法。巨大的方形木屋触目惊心,展现的不只是哥特式的野蛮,因为大型哥特式建筑群确实可以体现一种崇高,以及那个建造年代所特有的狂野幻想。可是如果失去了宏伟和优雅,尺寸只能强烈地代表小气和构思的贫乏,那是唯有商业精神才能烙下的印记。

　　当我走进我可敬的朋友普莱斯博士[①]的礼拜堂时,

──────────

① 理查德·普莱斯(Richard Price, 1723-1791),英国哲学家,(转下页)

我也有同样的想法。令我感到惊讶的是，那些放不下生活中所有浮华和虚荣的不奉国教者，竟会认为高贵的柱子或拱门是不神圣的。人类只要还有感官，任何能够抚慰他们的东西都会令其加深热爱。否则，为什么所有令人着迷的事物都如此慷慨地铺陈在人的周围，即使是一颗悲伤的心看了这种自然之美后也会承认活着是一种幸福？这种承认是我们能对神致以的最崇高的敬意了。

有关方便的论辩是荒谬的。如果只是为了方便，谁会为财富劳苦？如果我们想从原则上赋予人类以道德，我相信我们就必须通过融合品味与感官，才能将感官享受扩大到更大的范围。自从我来到北方，我就经常这样想，因为我注意到在这里，在青春之火熄灭后，总有一些多血质的人沉迷于酒精之中。

————————

（接上页）政治上的激进派和宗教上的不奉国教者，长老会牧师，沃斯通克拉夫特的朋友和导师，美国独立和法国大革命的坚定支持者。关于法国大革命他著有文章《论爱国》（Discourse on the Love of our Country，1789），直接激发了埃德蒙·伯克写下著名的《反思法国大革命》（Reflections）一文。沃氏在宗教上是国教徒，因此此处有对不信国教者的质疑。

我又从挪威神游远方了,还是回到木屋里来吧。这里用原木建造的农场,甚至用同样简单的办法建造的小村庄,在我看来都非常美丽。我尤其喜爱那些偏远地方上许多靠近小溪或坐落于湖畔、毗连农场的小屋。家庭人口如有增加,耕地也会增加一点,乡村会明显因为人口而富裕。从前,农民们更确实地说是伐木工人,但是现在他们发现有必要停止砍伐。这种变化将是普遍有益的,因为农民们过去全靠出售砍伐的树木为生,对耕种没有足够的重视,因此农业知识的进步非常缓慢。未来,需求会越来越多地刺激农民。地上没有了树就必须耕种,否则农场就失去了价值。在下一代松树长大长好之前,不能坐等食物的来临。

　　有产者对自家的木材非常在意。我漫步在汤斯堡附近一片属于伯爵的森林中,中间停下来欣赏一个樵夫家居住的几间小屋,这位樵夫是被雇来砍伐伯爵家及其产业所需的木材的。一片小小的草坪被清理得很干净,只在其上保留了几棵高大的树木,它们聚集起来的形态是自然形成的。冷杉环绕草坪,正在舒展它狂野的优雅姿态。房屋被森林庇护,高贵的松树在屋顶上伸展着枝叶。门前有牛、山羊、马驹和小孩,似乎都各安其命。如果满足是我们所能得到的一切,得到满足的最好办法也许就是无知。

我因为最爱挪威的乡村,于是很遗憾离开克里斯蒂安尼亚而不能去北方,但是季节在推移,商业和感情的呼唤也告诫我应该离开了。

六七月是在挪威旅行的最佳月份,因为那时候的夜晚是我所见过最美好的夜晚。但是到了八月中后期,云层开始聚集,夏天也就几乎在它还未将秋天的果实催熟之前消失,从人的怀抱里溜走了,得到满足的感官也开始在享受中停歇下来。

你也许会问,我为什么还想往更北的地方去。为什么? 不仅是因为据我所知那里最浪漫,到处是森林湖泊,空气纯净,而且我还听说那里的人民有智慧,是真正的农民,他们的质朴完全没有被奸猾的手段所玷污——这是海边人的行为中令我极为不悦之处。在北方农民中,若是有人被发现有任何不实之举,便再也不能生活在社群中间。不实之人会被所有人回避,羞耻将成为他最严厉的惩罚。事实上,每一种欺诈在北方农民那里都遭到了无比的蔑视,以至于他们不把西海岸人当成同胞。他们极度鄙视那些生活在岩石上的商人的臭名昭著的骗术。

我所听到的对北方农民的描述使我回到了黄金时代的寓言：独立和美德，富裕而无恶习，思想有修养而心灵不堕落，拥有"永远都在微笑的自由"，山上的仙女等。我想要信仰！我的想象让我急忙上前寻求庇护，想要在这样一种归宿中逃避威胁我的种种失望，然而理智却又把我拉拽了回来，低声告诉我这世界仍然是这世界，人类仍然是软弱和愚蠢的混合物，必定时常激起爱和厌恶，钦佩和蔑视。这段描述虽然看似用了童话般的笔触，却是一个有着良好理解力的人告诉我的，他似乎很少有不幻想的时候。

挪威最近修改了一项关于"自主地权"的法律，这项法律还有可能因为妨碍商业而被废止。遗产继承人有权用最初的买价重新购买其遗产，并在二十年内对绝对必要的修缮予以支持。经过重新考虑，现在的期限定到了十年。修改条例时，请了所有的有识之士发表意见，以决定对其是废还是改。对于抵押土地而言，这当然是一个方便安全之法。然而，在这个问题上与我交谈的那些最有理智的人似乎都认为，这项权利对社会而言弊大于利。尽管如此，如果它能帮助农民将农场掌握在自己手里,我会遗憾它日后被废止。

挪威贵族并不可怕,克里斯蒂安尼亚的除外。要想使商人获得足够的金钱利益,使其敢于以牺牲自耕农为代价来巩固上层阶级,还需要多费时日。自耕农通常是和商人联系紧密之人。

英美将各自的自由归功于商业,商业也确实创造了一个新的权力种类以破坏封建制。但是,还是让英美人当心点后果吧。财富的暴政比等级的暴政更令人恼火和使人低贱。

再会!我必须为离开做准备了。

# 第十五封信

昨天告别了克里斯蒂安尼亚。天气不太好,路上有耽搁,因此发现绕几英里路去看弗雷德里克施塔特(Fredericstadt)附近的瀑布已经来不及了,而我之前是决心要去看看的。此外,由于弗雷德里克施塔特是一座堡垒,我们必须在关大门之前赶到那里。

沿河的道路非常浪漫,尽管风景并不雄壮。挪威的财富所在——木材——正在安静地顺流而下,并时常被岛屿和小瀑布阻碍,这些小瀑布就像是我常听人说的那个大瀑布的孩子。

我在弗雷德里克施塔特找到了一家很好的旅馆。女主人的殷勤款待让我很是满意,她看到我的衣服湿了,就煞费苦心地为我这个陌生人争取了一晚上的舒适。

之前雨下得很大,我们在黑暗中过了渡口,大家都没有下车。我想这是不对的,因为马有时候不守规矩。然而疲倦和忧郁让我对下河还是过河都无所谓了。要不是女主人告诉我,我都不知道自己身上湿了。我的想象从来没能将我从悲伤中分离出来,我的心也很少平静到允许我的身体变得脆弱的地步。*①

失望改变了我!去里斯本的时候,我的思想还有足够的弹性,可以抵挡疲倦,想象也仍然可以将它的画笔沉浸在幻想的彩虹里,用绚丽的色彩描绘未来。然而现在——还是谈点别的吧——你愿意和我一起去看瀑布吗?

通往瀑布的十字路崎岖沉闷。虽然四周有相当大片的土地被耕种,但岩石还是完全裸露着。我感到惊讶,因为这些岩石比我之前见过的任何岩石都更趋近于和地表齐平。经过询问我才得知,几年前此处曾有

--------

* "心里平静的时候,才觉得身体脆弱",参见《李尔王》。

① 语出莎剧《李尔王》第三幕第四景中李尔战栗于暴风雨中的荒野之上的自白,以上为梁实秋译文。

一片森林被烧了。那副凄凉的样子令人无比沮丧,它激起的情绪是贫瘠从未激起过的。这类火灾是农民给田地施肥、燃烧树根豆茎时突然刮风导致的。当野火沿森林蔓延,从一棵树顶烧到另一棵树顶,在树枝间噼啪作响的时候,那灾难一定非常可怕。火舌肆虐,吞噬了土壤和树木,只留下被剥夺了美丽和财富的土地作长久的哀悼。

我一边欣赏着这些似乎在挑战时间的高贵森林,一边痛苦地看着岩石的背脊远远延伸至视线之外,那里曾经是戴着最美丽的青翠王冠的所在。

我经常提到"雄壮"一词,但是当松树的尖顶上结满成熟的种子,阳光照在浅绿色上,将其变成紫色,其中一棵树还好似或多或少地立于另一棵树前时,我觉得自己无法表达那种景色的美和优雅。自然令其繁茂,给其挂上勋章,于是我们在每个缝隙里都看到为生存而挣扎的树苗,这不使我们感到惊讶。巨大的岩石就这样被包围起来,被暴风雨撕裂的树根变成了年轻一代的庇护所。松林和冷杉林完全交给自然,显示出无尽的变化。林中小径不与落叶纠缠,落叶也只在生死间飘动时才有趣。老松灰色的蛛网状外观是一个有关腐烂的更精美的图像。纤维在失去水分时变白,被囚禁的生命似乎在悄悄溜走。我说不出为什么,但是在我看来,每种形式下的死亡都像是有什么东西获得了自由,并且在我不知道是什么的元素里扩展。不,我觉得有意识的存在在它能够快乐之前,必须不受约束,必须长出思想的翅膀。

到达大瀑布,或者更确切地说是小瀑布时——它的轰鸣声很长一段时间以来都在宣告着它的临近——我的灵魂被这坠落的水流催促着进入了一系列新的思考。激流从黑暗的洞穴中喷出,汹涌奔流,嘲弄着探索者的眼睛,在我的头脑里产生了同样的运动。我的思绪从地上飞向天堂,我问自己,为什么我被生活和生活的痛苦束缚?尽管如此,这个崇高物体(瀑布)所激起的激昂情绪仍然令我愉快。我眼望瀑布,灵魂随之飞升到了忧虑之上,恢复了尊严。我想抓住永恒,我的思绪似乎无法停止,就像眼前永远变化无常、却又永远不变的激流一般。我向永恒伸出手,我奔向即将到来的生命的黑暗斑点。

我们遗憾地从瀑布转过身来。有几座方尖碑矗立在一座小山上视野最佳之处,那是为了纪念各个国王的来访而建造的。瀑布上下的河流风景如画。当激流退去,变成平静的溪流,险峻的景色消失了。但是我不喜欢看到一些锯木厂拥挤在瀑布附近,破坏了景观的和谐。

不远处一个深谷上有桥飞架,它激起了我截然不同的感受。一些刚被剥掉枝叶、像是桅杆一样的树干巧妙支撑着桥身。原木一根接一根放在桥上,显得轻盈结实。当我们身处其下抬头仰望时,感觉桥好似建在空中。支撑它的树是如此之高,让桥看起来很是苗条优雅。

这一带有两处豪宅,房主似乎紧紧抓住了一点正在四散飞扬的进取精神。他们做了不少农业试验,圈地和耕种似乎都进行得更好,但是农舍没有我在莫斯附近和西边观察到的那么舒适。人类总是被各种形式的奴役所贬损,这里的农民也并不完全自由。再见!

差点忘了告诉你,离开挪威前我没有忘记打听一下据说有人亲眼在北海见过的怪兽①。不过,虽然我问

---

① 指挪威海怪克拉肯(Kraken)以及男女人鱼,当时的教育书籍里有很多这类耸人听闻的传说。

过好几位船长，却没有一位听过有关这个怪物的任何传统描述，更不用说亲眼见过了。在查明真相之前，我认为我们的地理书中应该撕掉对这些怪兽的描述。

# 第十六封信

　　下午三点左右，我从弗雷德里克施塔特出发，希望在夜幕降临前到达斯特伦斯塔德。但是风渐渐减弱，天气变静，我们几乎没能向对岸前进几分，尽管船夫早就因为划船而疲惫不堪了。

　　当月亮升起，星星在清澈广袤的天空中飞奔而出时，我们身处诸多岩石与岛屿之间。我沉溺于深情的遐想中——那是一种感性的诗意小说，而忘了周围黑夜早已悄悄来临。我不知道我们为了到达斯特伦斯塔德辛苦了多久。我环顾四周，感觉没有任何迹象表明我们就在它的附近。不仅不在附近，还相隔甚远。我问了那个会说一点英语的领航员，结果发现他只是在按习惯沿挪威海岸航行，而且他也只去过一次斯特伦斯塔德。他向我保证,他带了一个人来,那人对礁石更熟——我们的船上没有指南针,只能靠礁石导航。可他是这么一个半傻子,我对他的技术几乎毫无信心。所以我们有充分的理由担心自己迷路了,我们只是毫无头绪地在迷宫般的礁石阵里游荡。

这有点像冒险,还不是最愉快的冒险。此外,我迫不及待地想尽快赶到斯特伦斯塔德,想在当天晚上就派人把路上的马备好。我不想在那儿待一整天,不想让任何东西耽误我去见我的小女儿,也不想耽误收你的信——我是那么急不可待地想看到你的信。

我开始向领航员抗议,甚至骂他没有在出发前就告诉我他的无知,这使他更加卖力地划船。我们转过一块岩石,却只是看到另一块岩石,而就是看不到我们要找的那些记号,因此没法知道自己身在何处。我们划进了一条又一条小溪,每次都以为找到了我们要找的海湾入口,不想前进时却发现自己搁浅了。

在岩石的阴影下滑行时,这一幕的孤独使我高兴了一会儿。但是,由于害怕这样游荡一整晚,再浪费掉第二天,我又开始激动起来。我请求领航员返回最大的一个岛去,因为我们看到有一条船停泊在那里。我们于是向那个岛驶去,山顶的一扇窗户里亮着一盏灯,它成了我们的灯塔——虽然我们离它的距离比我想象的要远得多。

领航员好不容易上了岸,但他没有分辨登陆的地点。我留在船上,知道我们所能指望的一切解脱就在于有个人能来带我们。等了一段时间后——这些人在行动中表现得有点漠不关心*,消耗的真不是一般的耐心——领航员带了一个人来帮忙划船,于是我们在凌晨一点后在斯特伦斯塔德上了岸。

现在派人去已经太晚了,但我还是在上床睡觉前做好了必要的安排,以便能尽早出发。

太阳升起,光芒灿烂。马直到七八点钟才到,但是我的脑子太活跃,不让我长时间流连床榻。不过,由于想让那个前去备马的男孩早于我动身,我还是忍住了急迫。

我的预防是徒劳的,因为过了头三个驿站后,我还是不得不等了两个小时,等驿站里的人不紧不慢地去农场叫人牵马来,而此时正值丰收季节,马正在驮第一

* 他尽管让我在寒冷中等待,自己却可能待在某处抽烟斗。

批果实。我发现这些懒散的农民自有其狡诈之处。他们让我付了一匹马的钱,可是那男孩还是步行,只比我早到了半小时。这就扰乱了我一天的安排,又耽误了我三个小时,我只能不情愿地决定睡在奎斯特拉姆,这儿离乌德瓦尔拉(Uddervalla)只有两个驿站的距离,而我原本是希望当天晚上就到达乌德瓦尔拉的。

可是等我到了奎斯特拉姆,却发现根本没法接近客栈的门,因为人、车、马、牛、猪都挤到了一处。从我在路上遇到的人群的样子,我就猜想这附近有个集市,而眼前这一大群人畜更使我相信这里确实有个集市。那种喧闹的欢声几乎每时每刻都在爆发争吵,或者让我害怕会爆发争吵。此外还有烟草的浓雾,以及白兰地的气味,弄得整个场面好似地狱一般。一切都能将我击退,一切都无法在感官的粗鲁骚动中激起同情,我预见到这种骚动会以一场严重的放荡告终。怎么办?没有一张床,甚至没有一个安静的角落能提供片刻的休息,一切都沦于喧闹、骚动和混乱。

经过一番辩论后,他们答应给我马,让我分两段前往乌德瓦尔拉。因为之前没吃饭,我于是要了点吃的。女主人——我以前跟你说过她知道如何照顾自己——

给我端来了一盘鱼，收了我一个半小银币。这叫趁有太阳晒干草。我很高兴从喧嚣中解脱出来，但我不想整夜坐在一辆局促的敞篷马车里赶路。但凡能弄到马，我都不会想要这样做。

离开奎斯特拉姆的时候，我遇到了很多欢乐的人群。虽然夜晚清新，但是已经有很多人像疲惫的牲口一样躺在了草地上，还有醉汉倒卧路旁。在一块岩石上和高高的树荫下，有一大群男女点燃了篝火。他们还在周围砍了些树枝，好使篝火整夜不熄。他们抽烟、喝酒、尽情调笑。我同情那些树，同情它们枝叶被砍、散落在地的样子。倒霉的山林仙女啊！我担心你们的出没之所就这样被许多不洁之火玷污了。这是怎样一时兴起烧起来的火啊！

马跑得很好，但是临近驿站时，左侧的驭马者突然停了下来，任何威胁和承诺都无法说服他前进。我坚持要他信守诺言，他竟号哭起来。的确，这些半死不活之人的愚蠢固执真是无与伦比。他们似乎是普罗米修斯造的，只不过那时候他从天庭偷来的火已经消耗殆尽，只剩一点火花给惰性的泥土以生命，而非活力。

我们颇花了些时间才把客栈的人叫醒。而且，正如我所料,我们得到消息,不等上个四五个小时,马匹是不会备好的。我再次试图贿赂那个将我们带到此处的粗汉,结果却发现,尽管先前客栈那个殷勤的女主人应承了我,这个人接到的命令却是不再前进一步。

由于没有任何补救措施,我只好走进驿站,几乎立刻又被臭气熏了出来——用更柔和的词不足以形容那屋里是种什么热气。那是大约八到十个人在睡觉以及躺在地上的猫和狗一起散发出来的气味。其中有两三个男人或女人躺在长凳上,其他人则躺在旧箱子上,还有一个正从半截箱子里探出身来看着我。他的面色本就苍白,如果再穿件白衣服与他的面色形成对比,我可能真会以为他是个鬼。但是,世上哪还有幽灵的服装?除了臭气,没什么可怕的。我于是小心翼翼地穿过锅碗瓢盆、牛奶桶和洗衣盆。爬上一段破楼梯后,我被指点到一间卧室。床无法吸引我躺上去,因此我打开窗,从睡袋里拿出一些干净毛巾来,铺在了床单上。尽管我刚刚还嫌恶心,但是人类疲倦的本性还是使我在床单上找到了安眠之所。

晨曦中,鸟儿叫醒了我。为了下楼打听马匹,我急忙穿过我已经描述过的那间房。我不想把猪舍的概念和人类住宅的概念联系到一起。

我现在不奇怪姑娘们为什么这么小就失去了美好的肤色，也不奇怪为什么在这里爱情不过是一种欲望，是为了满足自然的主要设计，而从来没有被爱意或情操激活过。

沿途的几间驿站都有马匹等候，但我还是像先前一样被农民们耽搁了。他们利用我对语言的无知，让我付了第四匹马的钱，这匹马本该预先出发去备好其他马的，但它却没有这么做过。我在最后一个驿站尤其不耐烦，因为我渴望去确认我的孩子是否安好。

然而，我的不耐烦并没有妨碍我享受旅行。六星期前我曾经过同一片土地，如今它仍然有足够的新奇之处吸引我的注意。而且即使它不能驱赶，也能消磨一些盘踞在我心头的悲哀。变幻的自然之美多么有趣啊，每个季节都有多么奇特的魅力！石楠现在呈现的紫色给它增添了几分丰富，几乎超过了它春天时的嫩绿光泽，还和成熟玉米的光芒巧妙地融为一体。天气总是晴朗的，人们在田间忙着收玉米，或是捆扎秸秆，场景不断变换着。岩石固然异常崎岖乏味，然而道路的一边流淌着一条美好的河，道路沿河延伸了好长一段距离,另一边则是一片广阔的牧场。这样一来,贫瘠就不是主要的景象了,尽管在看过挪威的农场后,瑞典的农舍看起来比较凄惨。和我经常提到的那些森林长者相比,这里的树就像昨天才长出来一样。妇女和儿童正在砍山毛榉、桦树、橡树和松树的树枝,以便将其晾干。他们这样帮牲畜准备饲料会伤害到树,但是冬天太长,穷人没办法弄到足够的干草储备。用这样的办法,他们能让可怜的奶牛活下去。不过即便如此,他们也仍然挤不到多少奶,因为牛吃得太差了。

那是个星期六,晚上异常平静,村子里到处都能看见人们在为星期天做准备。我经过一辆装满黑麦的小车,这辆小车为画家的铅笔和观者的心脏呈现了我所见过的最甜蜜的收获之家的景象。一个小女孩跨坐在一匹鬃毛蓬乱的马上,在它头上挥着一根棍。父亲抱着一个孩子走在车旁,那孩子一定是摇摇晃晃走出来迎接他的,此刻这个小人儿正伸出双臂抱住爹爹的脖子。还有一个男孩,才一点点高,正拿着叉子跟在车后使劲地干活,防止禾捆掉下来。

我的眼睛跟随他们来到小屋里,心里不觉低低地叹息了一声。我虽然不喜欢做饭,但是我羡慕这位正在为家人准备浓汤炖菜的母亲。我要回到我的宝贝身边，她也许将永远都无法体会父亲的关怀和温柔。一想到那种只有不幸的母亲才能感知的想法，我那哺育过女儿的胸膛就不禁一阵剧痛。

再见！

# 第十七封信

我不愿离开哥德堡而不去特罗尔海特①。我不仅希望看到瀑布,也希望看看那个在岩石间开凿一条长达一英里半的运河的惊人之举进展到什么地步了。

这项工程由某公司承担,它每天雇佣九百名工人。在向公众提交的计划书里,这家公司对完工所需时间的提议是五年。此外它还筹集到了比计划所需多得多的钱款,因此完全有理由认为承建者将获得足够的利息。

丹麦人以嫉妒的眼光审视着工程的进展,因为这

---

① 特罗尔海特运河(Trollhätte)于一八○○年修建完成,它连接哥德堡、卡特加特海峡和北欧最大的湖泊维纳恩湖。

项工程主要就是为了摆脱厄勒海峡①的关税。

到达特罗尔海特后，我必须承认，第一眼看到的瀑布让我失望。即使在看到运河的进展后，也没有让我的幻想升温，尽管这是人类勤劳的一个伟大证明。然而，当我四处游荡，最后来到各个瀑布的汇合处，看到各种水流奔流而出，与巨大的岩石搏斗，从深邃的洞穴中弹出时，我却立即退缩了，我承认眼前的确是一个宏伟之物。瀑布群中矗立着一个小岛，岛上覆盖着冷杉，冷杉把激流分开，使激流越发显得壮美。有一半的水流似乎是从一个黑暗的山洞里冒出来的，人们很容易将它想象成一个巨大的喷泉从地球的中心喷涌而出。

我凝神看了不知多久，震惊于那振聋发聩之声。眼看水流永不停息、喧嚣奔涌，我感到晕眩。我侧耳倾听，几乎忘了身在何处。这时我看到了一个男孩，闪亮的水沫遮住了他半个身子，他正在对岸一块悬空的岩石下捕鱼。我看不出来他是怎么走到那下面去的，我

--------

① 厄勒海峡（Oresund）位于丹麦最大岛西兰岛和瑞典南部斯科讷省之间，西北接卡特加特海峡，南接波罗的海，是世界上最繁忙的海上航线之一。

也没听到过人的脚步声,那可怕的峭壁即使是山羊也无法活动。这是一个只适合鹰隼居住的地方,虽然石缝里还是有一些松树将螺旋形的头挺立出来。但是松树只长在瀑布附近,其他地方都由荒芜统摄,呈现出一派沉郁的雄壮景象。巨大的灰色岩石群或许是被大自然可怕的痉挛撕开的,那上面甚至连最原始的一层苔藓都没有附着。这么多现象将混乱的念头激活,让我都没法欣赏运河和工程。后者号称伟大,实则渺小,我不禁遗憾这样一个崇高的景象竟然没能保全其全部孤独的崇高。在洪流可怕的咆哮声中,人类工具的聒噪,工人的喧嚣,甚至是岩石的爆炸——那是巨大团块在黑暗空气中的颤抖,都只不过是小孩微不足道的嬉戏。

建造水闸时,有一个瀑布发挥了非同寻常的作用。这个瀑布的形成可以部分归功于自然的鬼斧神工。水流以极快的速度滚下一段至少五六十码的峭壁,形成一个深潭。水花飞溅,水沫众多,掩盖了这个深潭,那情景可以任由想象力发挥。四周喧嚣不断。我站在一块岩石上静观,岩石像是一架自然形成的桥,几乎与瀑布开始时的水面齐平。看了很久以后,我转向另一边,看到一条小溪正在平静地流出。如果不是因为看到一根巨大的原木从瀑布上一头栽下,静静溜进了那条潺潺溪流,我一定会断定溪水和激流没有任何关系。

我带着遗憾从如此狂野之气中退回一家悲惨的旅店,第二天早上我回到了哥德堡,为去哥本哈根的旅行做准备。

离开哥德堡而不去瑞典更多的地方看看令我感到遗憾,但是我又想,即使去了,能看到的也只是一个人烟稀少的浪漫国家,其人民正在贫困中挣扎。挪威农民大多独立,他们的态度中有一种粗糙的坦率。而瑞典人则由于苦难而变得凄惨,他们言谈还算礼貌,虽然有时可能近于不真诚,但这更多是精神破碎的产物,不幸软化——而非贬低了——这种破碎的精神。

在挪威,流通的纸币中没有比瑞典里克斯币价值更低的了。里克斯是一种用来找零的小银币,通常不值一便士,绝对不超过两便士。但是在瑞典,甚至有面值低至六便士的纸币。我从未在瑞典见过银元,每次想换一里克斯不仅费劲,还得用一个大铜币多出价才行。这些里克斯币我在旅途上会散给那些负责开大门的穷人。

我应该提到,瑞典贫穷的另一个证明是在这里生财的外国商人在离开时必须留下财产的六分之一。你可能猜到了,这条法律经常被规避。

事实上,此地的法律和挪威的法律都很宽松,造成人们宁愿支持也不愿约束无赖行为。

我在哥德堡时,有个人因为弄开主人的办公桌偷了五六千里克斯逃跑而被抓了,可他只被判了四十天的监禁,监禁期间只许吃面包、喝水。即使是这个轻微的惩罚,也因他的家属给他提供了更美味的食物而轻易就变得无效了。

瑞典人一般都很恋家,但是夫妻一方只要能证明另一方不忠或者承认自己不忠,就可以离婚。妇女们并不经常求助于这种平等权利,因为她们要么是用自己的手段报复丈夫,要么就陷入最琐碎的家务劳动,被暴政折磨得屈从了。我再加上一句——不要说我严厉——那就是青春飞逝后,丈夫们都变成了傻瓜,妻子们也都靠责骂仆人寻开心。事实上,在任何一个品位和心灵修养都还不足以替代青春美貌和动物精神的国家里,你还能指望什么? 爱比同情更需要坚实的基础,很少有人的行动原则能够足够稳定,从而从中产生正直的感情。尽管我听到了各种论辩,证明偏离责任有其合理性,但是我仍然认为,即使是最自发的感官冲动,也比软弱之人愿意承认的都更要受原则的支配。

但还是别再说教了。我在埃尔西努尔的一家旅馆一边等马,一边写这最后几页。趁着马还没有备好,我要向你简要介绍一下我从哥德堡来此的行程,我是从特罗尔海特回来后的第二天早晨就出发的。

在第一天的旅途中,这个国家呈现出一种最贫瘠的面貌。它像挪威一样多岩石,但又不像挪威那样风景如画,因为它的岩石规模很小。我们停下来夜宿在法尔克斯伯格(Falckersberg)一家还算不错的旅馆里,这是一个像样的小镇。

第二天,山毛榉和橡树开始为风景增色,大海也不时给其以尊严。我也不可避免地注意到,即使是在瑞典这个据我所知最贫瘠的地区,也还是有比挪威更多的土地在耕种。平原上各种各样的庄稼延伸成片,顺着山坡倾斜到不再可怕的海边。驱车经过时,我环顾四周,得出的判断是,这里在居住方面似乎更加贫穷,但农业则更先进。的确,村舍常常看起来很不舒服,但也从来没有像我在去斯特伦斯塔德的路上看到的那样悲惨。这些镇子和威尔士的许多小镇,还有我从加莱

（Calais）到巴黎沿路看到的一些镇子是一样的，甚至可能比那些镇子更好。

一路上遇到的客栈不值得抱怨，除非我一直想着英国。瑞典人是有教养的，要价比挪威人，尤其是挪威西部人要低得多，后者敢让你为从未享用过的东西付费。他们似乎把你看成是一艘沉船，就算不是合法猎物，也是一个不应忽视、必须抓住的幸运机会。

经过海峡时，埃尔西努尔的景色很是宜人。我付了三块钱船费，还包括一些喝的。我提到了钱数，是因为当地人会勒索陌生人。

再见！等我到哥本哈根。

# 第十八封信：哥本哈根

　　从埃尔西努尔到哥本哈根的距离是二十二英里。路况很好，所到之处一片平坦，其上点缀着树木和像样的大宅，树木主要是山毛榉。还有大片玉米地，土壤看起来比一般近海处肥沃得多。的确，高地很少，哥本哈根周围地势很平。当然这里也乏善可陈，只有种植，而无装饰。如果我说房子不使我厌恶，我就已经把我所记得的一切都告诉了你，因为我不记得它们曾经激起我任何愉快的感觉，也不记得那里任何自然之物或艺术构造曾经令我心旷神怡。接近哥本哈根时，我发现这个城市相当壮观，但是除了那些荫蔽人行道的树木以外，它没有任何独特之处能吸引我的注意。

快到达哥本哈根时,我在一片广阔的平原上看到了很多帐篷。我还以为露营①的狂潮已经蔓延到了这座城市,但是很快就发现这些帐篷是很多贫困家庭的避难所,原来他们是被最近那场大火赶出家门的人。

　　我们很快进了城。从大火留下的灰尘和垃圾中走过时,我对破坏的程度深感震惊,因为至少有四分之一的城市被摧毁了。倒下的砖头和成堆的烟囱几乎无法让人的想象力产生舒缓忧郁的遐想。没有什么能吸引有品位的眼光,四处景象只会令仁慈的心痛苦。在时间的掠夺里,总是有某种能够启发幻想,或是能使人对某些主题产生沉思的东西,从而使头脑从感官对象中抽身出来,并赋予这感官新的尊严。但在这里,我踩着的是活的灰烬,受难者们仍在承受这场可怕的大火给他们造成的痛苦和压力。我不能躲在"他们过去是受苦了,可是现在已经不再受苦"的想法里寻求安慰:当同情上升为痛苦,我常常唤起这样的想法来平复我的

----

　　① 指英国军队的露营。这种做法始于美国独立战争期间,到法国大革命时期还在继续。军营和军队的操练非常显眼,常能吸引大批观众。此处沃氏的讽刺口吻说明她并不赞成这种露营。

心。于是我希望车夫尽快赶到人家给我推荐的那间旅馆去，好让我避开视线，打断思路。这思路已经把我带到了城市的各个角落，寻找那些无家可归之人。

今天早上，我在城里到处走，直到我厌倦了观察那些遭蹂躏的痕迹。我经常听到丹麦人满怀喜悦地谈论哥本哈根，哪怕是在他们见识过巴黎和伦敦之后。当然，我是在一个非常不利的情况下看到哥本哈根的：一些最好的街道已经被烧毁，整个地方也已陷入混乱。然而，我相信，只用寥寥数语就可以概括人类对哥本哈根所能给予的最大赞美，即街道是开放的，很多房子很大。可是除了国王和王储居住的圆形广场外，我没有看到任何能够唤起我高雅或宏大想法的东西。

王宫大约在两年前就被烧毁了。过去它一定是一座宽敞漂亮的建筑，因为它的石造部分迄今仍屹立不倒。最近这场大火期间，很多穷人更是躲进这里的废墟避难，直到找到别的住处。于是床被随意扔到巨大楼梯的平台上，寒冷中全家人挤在这里，每个小角落都用木板围起来，作为一些被剥夺家园的可怜之人的避难所。眼下可能只要有个屋顶，就足以使他们免受夜间的寒气，但是随着季节的推移，我担心，尽管政府已经相当努力地赈灾,但人们仍将更加痛苦地感受到灾难的严重程度。毫无疑问,私人慈善机构也做了很多工作以减轻无所不在的痛苦。然而,在我看来,此处几乎没有公共精神。如果有,大火可能一开始就能扑灭了。只要在火势蔓延前拆掉几栋房子就行,最后大火也正是这样扑灭的。可是居民们不同意,王储性格又不够决断,不知道何时应该行使绝对权力,于是他平静地让居民们自作主张,直到整个城市都受到毁灭的威胁。王储带着天真的谨慎,恪守着自己强加给自己的法律,那就是他想一丝不苟地做正确的事,不料却做了错事。他只会一边无谓地哀叹,一边观察一场恶作剧的进展,可是这场恶作剧是只要一个果断的步骤就完全可以制止的。王储后来不得不采取暴力措施,可是又有谁会责怪他呢?为了避免责难,又有什么牺牲是低能者们做不出来的呢?

一位目击了火灾现场的绅士也向我保证说,有钱人但凡在灭火上拿出一半他们保护自己贵重物品和家具的劲头,大火很快就会被扑灭。但是人如果不立于险境,是不会充分发挥力量的,直到恐惧像电击一样把所有人都唤醒,让他们统统都感受到了恶的普遍。甚至消防车也出了故障，尽管王宫被烧本应使他们警醒，对消防器具常加维护。不过这种事不关己、高高挂起的怠惰似乎是丹麦人的特点。他们对自己有种迟钝的专注，导致他们无比小心地保护个人资财，以至于只要有一丝风险，他们就绝不会做任何增加资财的努力。

考虑到哥本哈根是丹麦和挪威的首都，我很惊讶没有看到像克里斯蒂安尼亚那样的勤劳和品味。确实，从我有机会观察到的每一件事来看，丹麦人是对优雅做出最少牺牲的人。

干事的男人在家都是暴君，他们冷淡地沉浸于个人事务，对其他国家的状况一无所知，并因此而教条地断言丹麦是世界上最幸福的国家，王储是所有王储里最好的一个，伯恩斯多夫伯爵也是最聪明的大臣。

至于妇女，她们只是著名的家庭主妇，没有才艺，也没有任何能装饰更高级社会生活的魅力。这种完全的无知也许能让她们在厨房里节省点东西，但远不能使她们成为更好的母亲。相反，孩子们被宠坏了。处于软弱、骄纵的母亲的照顾之下的孩子一般都会被宠坏。这些母亲的行动没有原则，又不会约束感情，难免不成为婴儿的奴隶，虚假的温柔使她们身心俱衰。

我也许有点偏见，但我是根据此刻的印象下笔的，因为今天一天我都在被不守规矩的孩子折磨，也都在被一些谩骂所激怒，那谩骂针对的是不幸的玛蒂尔德①为人母时的性格。她因为对儿子的管教遭到责难，那责难带有一种最残酷的暗示。不过，据我所知，她对儿子的关心既明智又有温情。她每天早上给儿子洗澡，坚持要他穿宽松的衣物，不允许侍从们为了讨好王子的胃口而损害他的消化功能。她还同样小心地不让儿子学到傲慢的态度，以免成为幼儿助走带下受人摆布

---

① 玛蒂尔德（Matilda，1751-1775），英国公主，丹麦和挪威王后。她性格活泼，富有魅力，热爱户外，能说意大利语、德语、法语，有音乐天赋，歌喉动听。玛蒂尔德于十五岁时嫁给十七岁的表亲，即丹麦国王克里斯蒂安七世（Christian Ⅶ，1749-1808）。国王幼时即患精神病，后来更有酗酒、嫖妓，以及任命一只狗为国务咨政，从国库领取工资等荒唐行径。一次旅行后，克里斯蒂安带回德国医生施特林泽（Struensee），施特林泽成了玛蒂尔德的情人。国王发病期间，施特林泽独掌王权十个月，推行包括出版自由、减少农民徭役、统一司法等改革，还主张改革哥本哈根市政府，因此见罪于保守势力。施玛恋情，以及玛蒂尔德男装骑马、公开出行的做法也为贵族和教会所不喜，两人终致被捕。施特林泽遭酷刑处死，先是右手被砍下，然后被砍头、剖腹、肢解，首级挑于长杆示众。玛蒂尔德则被判与国王离婚并处终身监禁。在她向王兄，即英王乔治三世求助后，乔治三世将其安置于德国汉诺威的策勒城堡。她最终在此处死于猩红热，死时未满二十四岁。

的暴君。王太后不许她给儿子哺乳，好在下一胎是女儿，不是王室的法定继承人，这样对她履行母亲职责的反对可以少些。

可怜的玛蒂尔德！自我五月来此，你就在我的脑子里萦绕。我对这个国家礼节的看法激起了我对已经故去的你的同情，也使我对你更加尊重。

我现在完全相信，她是她所取代的那群政客的牺牲品。如果不是因为她的爱人为了做些有益之事而企图推翻一些既定的弊端，那些政客是会忽视甚或鼓励她恋爱的。可是那时变革的时机还不成熟，人民也还没有足够的精神支持她的情人为他们而战。的确，对玛蒂尔德的批评是如此尖锐，以至于我听说，即使这么多年过去了，她仍然被指控为放荡。原因就在于她不仅努力使公众娱乐变得高雅，还做了很多善事，包括在众多机构中建了一所医院，接收弃婴。她厌恶那众多假冒为美德的习俗，因为这些习俗不过是对形式的遵守，却往往牺牲了真理。可是这样一来，她就有可能犯了创新者们常常会犯的一个错误，那就是想立刻实现只能靠时间慢慢实现的事。

她的朋友们曾举出很多强有力的理由，证明她对施特林泽的感情从未达到那些害怕她影响力的人对她指责的程度。无论如何,她肯定不是一个风流女子。即使她移情别恋,也不会令她的心灵和理解力蒙羞,因为国王是个臭名昭著的放荡鬼、白痴。历来当国王的,行动总是会受到宠臣的引导①,而玛蒂尔德和她的情人驾驭国王,则是出于一种自保的原则和一种值得称道的野心。但是,他们没有意识到自己所必须面对的偏见,因此他们采取的制度太过宽仁,判断却又不够准确。至于对他们给国王提供毒品以伤害其官能的指控,时至今日仍有人信,但这实在太过荒谬,不值一驳。压迫者们还不如指控他们涉猎巫术呢,因为巫术强大的魔力现在仍在束缚着国王的理智。

我无法向你描述当我看到这位名为君主,实为傀儡的国王被伯恩斯多夫伯爵紧握提线操纵时的感受。国王坐着,两眼茫然,身子挺直,接受大臣们的朝拜。臣属们表面尊敬,实则心怀嘲笑。事实上,国王只是一个国家机器,作用只是将名字签署在政府的法案上。

---

① 克里斯蒂安七世的宠臣是施特林泽。施氏从御医做起,后被任命为内阁大臣,并受封伯爵,算是宠极一时了。

而这些法案为了避险,除非有王储的副署,否则没有任何价值。国王被允许成为绝对的白痴,除了偶尔冒出句话,或者耍个花招,但那更像是疯狂而非愚蠢。

人生真是闹剧一场!当不幸的玛蒂尔德被过早地匆忙送入坟墓,这尊国王的假像也被烧了个干干净净。

就像飞虫是顽童的游戏,我们对诸神也是这般;
他们为了好玩杀死我们。①

再见!

———————————

① 出自莎士比亚《李尔王》。

# 第十九封信

　　今天早上，我因公务不得不出城几英里，于是惊讶地遇到了一群形形色色的人。我向一个会说法语的仆人询问原因，原来两小时前有个人被处决了，尸体也被焚烧。我忍不住惊恐地看着四周，田野失去了绿意，我厌恶地转过身去不看那些穿着考究的妇女，她们正带着孩子从这一幕中返回。这真是人类的奇观！看到这样一群无所事事的旁观者，我陷入了沉思，思考错误的正义观念所产生的有害影响。我相信，在死刑被完全废除前，它无论如何应该是恐怖的，而不应该像现在这样给目瞪口呆的人群带来娱乐，因为好奇很快就会抹杀同情。

　　我一直认为，允许演员在观众面前死去有一种不道德的倾向,但是与视现实为表演的凶残相比,这种不道德又是多么微不足道。在我看来,在所有国家,普通人去看死刑执行,都是为了看那可怜人如何扮演自己的角色,而不是为了同情其命运,更不会想到那人是因为违背道德而走进如此可悲的结局。因此,我相信,处决非但不能成为警示幸存者的有用例子,反而会产生相反的效果,使得本应感到恐惧的心肠变得格外坚硬起来。此外,我相信,对不光彩的死亡的恐惧决不会阻止任何人犯罪,因为人在犯罪时,是大脑被唤醒,针对某种当前情况做出了行动。犯罪是一场冒险的游戏,所有人都期待骰子掷出的结果对自己有利,而永远不考虑毁灭的可能,直至毁灭来临。事实上,从我在挪威要塞观察到的情况来看,我越来越相信,如果社会组织得当,那么能使一个人成为胆大恶棍的性格中包含的能量,也能使其成为一名对社会有用的成员。当一个强大的头脑不受教化的约束时,对不正义的感觉就会使这人变得不正义起来。

不过,在哥本哈根,处决很少发生,因为是胆怯而非宽大使得现任政府的所有行动都陷入了瘫痪。今早死去的罪犯可能不会在其他任何情况下受到死刑的惩罚,但他是纵火者,而纵火犯了众怒。大多数居民对最近发生的火灾仍然感到痛苦,杀一儆百被认为是绝对必要的。其实,据我所知,火灾是偶然发生的。

是的,我已经非常严肃地获悉,并非是皮特①先生的使者事先将可燃材料放到了适当间距上。然而,为了证明这一情况为真,很多人坚持认为,火焰是在城市的不同地方同时燃起的,他们真是丝毫不考虑风的作用。阴谋不过如此。但是,所有国家的阴谋制造者都是在"毫无根据的幻象"基础上建立起自己的猜想的。这里甚至有点诗的正义,因为正当这位首相在国内粉碎他自己编造的阴谋时,同时在欧洲大陆和北方,他竟然也在被差不多一样的无稽之谈指控说他想放火烧掉全世界。

我忘了告诉你,一个诚实的人告诉我,有两个人走到木桩前喝了一杯罪犯的血,作为治疗中风的可靠办法。当我在这人面前批评这种做法是对人性的可怕侵

① 指小威廉·皮特(William Pitt the Younger, 1759-1806),一七八三至一八〇一年以及一八〇四年到去世期间任英国首相。皮特政府不满法国大革命后丹麦的中立态度,以及施特林泽的亲法倾向,于是就有了皮特的使臣策划对哥本哈根纵火的谣言。

犯时,一位丹麦女士非常严厉地责问我怎么知道这不是治愈中风的办法? 她还补充说,为了健康,每一种尝试都是正当的。你可以想象我不会和这种人争吵,因为她已经被严重的偏见奴役了。我向你提起此事,不仅是为了告诉你此地人的无知,也为谴责政府没有阻止这个对人类造成伤害的场面。

庸医的骗术不为丹麦所特有。虽然它只是那已被打破的巫术的残余,但是除了获得有关人体结构组成的一般知识,使其成为公共教育的一部分外,我不知道还有什么办法能将其根除。

自从火灾发生以来,居民们一直都在努力寻找他们在混乱中藏匿起来的财产。令人惊讶的是,有许多从前号称声名卓著的人,现在却在利用这场共同的灾难来盗取火焰所没能吞噬的一切。另一些人善于区别却不加区别,他们会千方百计地在废墟中寻找掠夺物,还隐瞒其发现,而绝不费心询问那东西的主人是谁。

对大多数人来说,做到比法律要求的更诚实是分外之事。钻法律的空子从来都锻炼了冒险家的能力,他们希望以最快的捷径致富。不会给自身带来危险的无赖行为是门艺术,政治家和骗子已经将其操练到了完美的境地,而更为卑劣的无赖在步其后尘方面,行动得也绝不迟缓。

我在当前的战争中发现了一些商业欺诈的做法,很为之恼怒。简而言之,无论我从什么角度看待社会,我都认为对财产的崇拜是万恶之源。丹麦不像美国,对财产的崇拜没有使人变得更加进取,反而让人变得更加节俭和谨慎。因此,我是第一次置身于一个很不活跃、很不勤快的首都。至于欢乐,我徒劳地在丹麦人身上寻找挪威人轻快的步伐。在我看来,挪威人各方面都比丹麦人强。我把这种差异归功于挪威人拥有更多的自由,挪威人将自由看作是自己继承而来的权利,而丹麦人在吹嘘自己的消极幸福时,却总是把幸福说成是在伯恩斯多夫伯爵的智慧指导下得自王储的恩惠。然而,王国上下,封建臣属制度正在停止,随着每一次奴隶制的改变而产生的肮脏的贪婪也将随之消失。

如果财产的主要用途是权力,而权力的表现形式是从财产中获得尊重,那么从必需品中偷来财产,再从囤积财产中发现乐趣(即使人们确信炫耀这种令人羡慕的优势是危险的),不就成了人性中最令人费解的矛盾之一吗？这难道不是每个国家农奴的状况吗？然而，积累金钱越是无用，贪婪似乎也就越发强大。

丹麦人追求财富似乎并非为追求生活的奢华，因为在哥本哈根，缺乏品味是很明显的事。因此，当我听到可怜的玛蒂尔德为了使丹麦人的娱乐品位更高雅而冒犯了刻板的路德教徒时，我并不感到惊讶。她想引入的优雅被称为淫荡，可是我并没有发现杜绝男子对女子献殷勤会使妻子更贞洁，或者使丈夫更忠诚。在这里，爱情似乎败坏了道德，还没能改善礼仪，反而放逐了信心和真理，而后两者正是家庭生活的魅力和亲和力所在。一位曾在这座城市住过一段时间的男士向我保证，他找不到语言形容下层人堕入其中的严重的放荡，以及中产男性和他们女仆的滥交。两者造成的堕落都不可估量，都削弱了家人间的各种亲情。

我所到之处，都为两性行为上的一个典型差异所震撼。一般说来，女人会受社会地位更高的男子的勾引，男人也会被社会地位更低的女子抛弃。等级和礼节使女人敬畏，狡猾和放荡则使男人屈服。野心潜入女人的激情，而专横给了男人的激情以力量，大多数男人对待情妇就像国王对待宠臣一样。如此一来，男人不就成了造物的暴君吗？

你会惊呼：你怎么还在喋喋不休地谈论同一个问题！可我又怎能避免得了？我的生活充满变故，其中大多数挣扎都由女性受压抑造成。我们感受强烈时，思考也会深刻。

还是回到观察的直路上来吧。在我看来，如此普遍的性欲更像是源于头脑的怠惰和感官的迟钝，而非生命的旺盛，因为当青春的活力开始消退为心灵的力量时，生命的旺盛往往能使整个性格结出果实。

我之前说过男人是家庭里的暴君，这是考虑到他们为父、为兄、为夫的身份。但是女人在被父亲和丈夫统治之间还有一段时间的间隔，这是女人能够享受自由和快乐的唯一阶段。在朋友的同意下，彼此依恋的年轻人交换戒指，并被允许在一起享受某种程度的自由，这是我在其他国家从未发现的一件事。因此，恋爱的日子会延长，直到条件完全具备，二人可以结婚。亲密关系往往会变得非常温柔。如果女方的情人获得了丈夫的"特权"，那也只能说是一半的特权，是男方暗中获得的，因为女方的家人会故意对此视而不见。很少有人会解除或无视这些荣誉婚约,因为违约将会蒙受耻辱,会被认为比违背婚姻誓言更为不光彩,如果两者不是同属犯罪的话。

别忘了,在我的一般观察中,我并不是想假装描绘一个民族的性格,而是想要在我追踪世界进步的过程中观察道德和礼仪的现状。我在不同国家居住期间,我的主要目的都是对人进行冷静的观察,从而引导我对人性形成公正的看法。而且,让我向你坦诚,我相信,如果我在去法国之前曾经前往北方,那么我对法国人虚荣和堕落的评论就不会那么严厉了。①

我担心,对一个正在崛起的民族而言,除了对其各种公共斗争所做的热情描述是正确的以外,对其美德的有趣描摹经常是错误的。我们谈论法国人的堕落,强调法国这个国家的衰老。然而,和过去两年相比,还有什么时候是法国百姓和军队表现出更多道德热情的时候?我有时候不得不回忆起无数的例子,以平衡那些恐怖的叙述。这些事例,我要么亲眼所见,要么听过

① 见《论法国大革命的历史和道德观》(*Historical and Moral View of the French Revolution*)一书。

对其很好的证实。唉！都太真实了。因此我倾向于认为，我总能看到的粗俗罪恶和朴素举止的结合其实是无知的结果。

例如，虔诚是什么？在异教或基督教的制度下，虔诚不过是对违反理性原则的事物的盲目信仰。当人们认为最高尚的美德就是对自己的法令施暴时，可怜的理性还能取得长足进步吗？宣扬改革的路德教徒和天主教徒一样，都将圣洁之名建立在了同样的基础之上。然而我不认为定期参加公众礼拜和其他仪式能使他们的感情更真实，或者能使他们私下的行为更诚实。的确，当人类运用理性却不能使自己获得原则，使其成为他们从他人那里所获得的一切原则的标准时，人类似乎就很容易用宗教禁令来搪塞，将宗教当成法律。

如果旅行作为完成人文教育的一种方式，可以在合理的基础上被加以运用，那么应该先去北方各国，再到欧洲的文雅之地，以获得风俗知识的要素，因为这种知识只能通过追踪不同国家的不同情况来获取。但是，在访问遥远之地时，不应该允许一时的社会同情影响头脑，得出结论，因为主人的热情好客常常导致旅行者——尤其是那些为了寻找乐趣的旅行者——

对一个国家的品德状况做出错误估计。我现在相信一个国家国民的品德与其科学进步有着精确的比例关系。

　　再见。

# 第二十封信

以前我责难过法国人对戏剧展示①的极端爱好，因为我认为戏剧很容易使法国人成为虚荣和不自然的人。但是现在我必须承认，把每星期节省下来的一点钱花在星期天的剧院里，总比花在黑啤酒或者白兰地上要有益得多，因为后者只能使头脑迷醉或愚钝。尤其是妓女从来不出现在巴黎的剧院里，而英国剧院却有很多这类人物。在这点上，法国百姓比其他国家的

---

① 之前沃氏在《论法国大革命的历史和道德观》中将法国剧院说成是"培养虚荣的学校"，此处却对自己的观点有所修正，认为剧院也有代表精致文化的一面。

同等阶级要优越得多。单说巴黎人的清醒就使他们的节庆有趣得多,他们的欢乐永远不会变得恶心或者危险,这是酒一旦喝起来就总会造成的后果。醉酒是野蛮人的乐趣,也是所有那些因工作耗尽了动物精神却不能使其发挥能力之人的乐趣。事实上,这不正是英国和北欧国家的恶习吗?而这似乎正是对普遍进步造成的最大障碍。在此地,喝酒,还有吸烟,是男人的主要消遣,好在女人很节制,尽管她们没有公共娱乐活动作为替代。我应该把一家戏院排除在外,它的存在似乎无甚必要,因为我去的时候,上座率还不到一半,女观众和女演员的穿着都不时髦。

这出戏以《冒牌医生》①的故事为基础。从仆人的手势来看——他们是最优秀的演员——我可以想象戏里有点幽默。这出闹剧被称为芭蕾,实则是哑剧,其情节的幼稚足以显示丹麦戏剧的艺术水平和观众品味的粗俗。一个魔术师化装成补锅匠,走进一间妇女们都

———————

① 英国小说家和剧作家菲尔丁(Henry Fielding, 1707–1754)曾经根据法国剧作家莫里哀的剧作"Le Médecin malgré lui"(字面意思是"身不由己的医生")翻译改编为《冒牌医生》(*The Mock Doctor*)一剧,在英国上演。

在忙着熨烫衣物的农舍。他开始用亚麻布擦一只很脏的煎锅。女人们高声叫喊,跟在他后头跳舞,还叫来了自己的丈夫,让丈夫们也加入了舞蹈。你追我跑中,男人跳到了女人的前头。补锅匠用煎锅当盾牌,搞得男人们一动也不能动,还把他们的脸都抹黑了。每个人都嘲笑对方,却不知道自己是什么样的。与此同时,女人们也开始享受这场游戏,那真是"难得的乐趣",还有很多诸如此类的情节。

歌唱和舞蹈的水准差不多,前者缺乏优雅,后者缺乏表现。但是管弦乐队的演奏很好,器乐远胜于声乐。

我还参观了公共图书馆和博物馆,以及罗森堡宫(Rosembourg)。这座现已荒芜的宫殿到处显示出一种阴郁的宏伟,宽敞房间里的寂静总是能让人感觉到,至少我是感觉到了。我听着自己的脚步声,就像午夜时分我听着木钻头①的嘀嗒声一样,它能激发一种奇特的

---

① 英文原文为 deathwatch,字面意思是"死亡钟表",实则为一种钻木的钻头,钻木时会发出一种嘀嗒声,类似钟表,民间认为它可以预兆死亡。

迷信。每件东西都将我带回到过去,都将那个时代的风俗深深印刻在我脑海里。从这个角度看,保护旧宫殿及其受损家具是有好处的,因为这些东西可以被视为历史文献。

伟大在逝去后留下的真空随处可见。墙上描绘的战斗和行列告诉你,是谁在屠杀归来后激起了兴奋的狂欢,又是谁为了寻找快乐而解散了盛典。这里似乎是个巨大的坟墓,里面满是那些曾经玩乐或曾经辛劳的人的阴暗幽灵,然而如今他们都沉没在庆祝爱情征服或者战争胜利的挂毯①背后了。我用想象赋予其生命的人已经不在了吗?留下了那么多痕迹的思想难道也已消失得无影无踪?由如此高尚的思想感情构成的生命难道也只是融入了元素之中,以便保持生命这团巨大物质的运动?不可能!如果是这样,我宁愿相信宴会厅一端的大银狮们也会思考和推理。但是走开!你们醒着的梦!我无法向你描述这些奇特之物。

_____

① 这幅挂毯很有名,自一六九三年起就悬挂于罗森堡宫的长厅内,它描绘的是丹麦国王克里斯蒂安五世在一六七五至一六七九年间的斯堪尼亚战争(Scanian War)中得胜的情景。

还有些柜子，里面满是饰物、宝石和剑，那一定是巨人之手曾经挥舞过的剑。用于加冕的装饰物在这里静待人类的需求，衣柜里陈列着曾经在这些仪式上穿过、为其增色的法衣。可惜这些东西没有借给演员，却任其在此不光彩地消亡。

除了希尔霍姆（Hirsholm），我没有参观别的宫殿。希尔霍姆的花园设计得很有品位，在这里可以看到这个国家所能提供的最好的景观。花园是现代和英式风格的，令我想到我是在追随玛蒂尔德的脚步，因为她希望在她周围增加她所热爱的祖国的形象。我也很高兴看到一片挪威的微型景观，它非常得体地成了丹麦皇家花园的一个组成部分。农舍仿制得很好，整体效果令人满意，尤其是对我这个热爱挪威，热爱它宁静的农场和宽阔荒野的人来说。

公共图书馆的藏书比我预期的要多得多，而且组织有序。关于冰岛手稿的价值，我无法做出判断，尽管其中一些手稿的字母表让我觉得很有趣，它们显示了人类为了把思想传递给后代需要付出多大的努力。我有时候觉得人微妙的情感是种巨大的不幸，因为这种微妙常常使人厌倦生活中的常见之事。然而，正是这种细腻的感情和思考,才使大多数造福人类的实践得以产生。也许我们可以恰当地称其为天才的病态,它是忧郁产生的原因,忧郁"随着它的生长而生长,随着它力量的增强而增强"①。

皇家博物馆里有一些好画。别担心,我不会用一本枯燥的目录,或是对大师们愚蠢的批评打扰你,时间早已在名誉殿堂里给大师们安排好了公正的位置。如果在世艺术家的作品也在这里展出,我应该会注意到,因为它们是我对此地现状的描述的一部分,可惜没有。好画和坏画混在一起,因为这里居然是按画框给画分类! 同样的错误在巴黎那间正在成形的辉煌的新画廊②里也一样赫然在目。但是很明显,一个艺术流派的展览方式应该是按其发现和改进的进程排列的。

有一组展品吸引了我的注意,它们是拉普兰人③的衣裳、武器和工具。这是人类独创性的最初表现形式,它们证明的是耐心和毅力,而非头脑的理解力。自然历史标本

① 出自亚历山大·蒲柏(Alexander Pope)的《人论》(An Essay on Man),作者凭记忆所做的引用与原文略有出入。

② 即卢浮宫。

③ 北欧最北之地拉普兰(Lapland)地区的原住民,也称萨米人。

和艺术珍品也同样不按学科秩序挤放在一处。可是它们只有按照学科的顺序排列才有用，但这可能部分是由它们是在火灾中被仓促搬出王宫造成的吧。

这里有一些可敬的科学家，但是文学家很少，艺术家更少。文学和艺术需要鼓励。我担心，以目前的情况看，文学和艺术受忽视的情况还会长期持续下去。因为无论是财富的虚荣，还是商业的进取精神，都还没有向这方面投去一瞥。

此外，王储主张节俭，几乎到了吝啬的地步。也许他努力不压迫臣民，却压抑了他们。他的意图似乎总是好的，可是再也没有什么能比一种极其寡淡、既不宏伟也不优雅的宫廷日常更令人强烈地意识到迟钝才是蚕食所有精神活动的元凶。

以我目前的判断，王储的能力相当平庸，唯其心地太善，正像伯恩斯多夫伯爵希望的那样容易驾驭，因此我认为伯爵才是真正的君主，而且还很少处于幕后。王储没有年轻人那种固执的自足——那经常预示着决断的性格。他和王妃每天与国王同桌进餐，以便节省两桌的费用。把一个失了威严的人当成国王是怎样一场哑剧啊！但是，以伯恩斯多夫伯爵的道德，竟也能服从于这种长期的欺骗,有时还会利用这种欺骗来软化属于他本人的拒绝。比方说,他会说这是国王——我的主人——的意志,其实大家都知道国王既没有意志,也没有记性。我注意到,伯爵利用国王和某些悍妇利用丈夫是一样的。当这些女人想要隐藏自己的残暴时,就总是说她们必须服从丈夫的意志,可是那些可怜被动的丈夫们从来就不被允许拥有自己的意志。

这里流传着一个故事,说国王曾经将一条狗任命为国务顾问,原因是这狗一向都在皇家餐桌上吃饭。一天,狗从一个老军官盘子里抢了一块肉,老军官诙谐地责备狗说:狗先生,你没有与陛下进餐的特权,这一特权附属于国务顾问。

事实上,皇宫起火是件幸事,因为它为减少皇室供奉提供了借口,皇室的花费超过它的收入实在太多了。然而,王储走到了另一个极端。宫廷礼节——如果不包括吝啬——似乎延伸到了我有机会观察到的所有其他社会部门,尽管丹麦人与陌生人的交往仍以好客为原则。

但是现在让我停笔吧,我可能有点偏颇地在用带有偏见的忧郁眼光看待一切了,因为我有理由悲伤。

上帝保佑你!

# 第二十一封信

　　我见到了伯恩斯多夫伯爵，和他的谈话证实了我之前对他的看法，也就是我来到哥本哈根以后对他的看法。他是个可敬的人，对自己内克尔[①]式的德行有点虚荣。他更渴望的是不做错事，以避免责难，而不是做好事——特别是如果做好事需要改变现状的话。简而言之，谨慎似乎是他性格的基础。而且，从政府的基调来看，我认为他的谨慎是那种紧随胆怯的谨慎。他懂的东西不少，也有些技巧，否则就当不了这个首相。他

---

　　① 雅克·内克尔（Jacques Necker, 1732-1804），生于瑞士的法国银行家，法王路易十六时的财政总监。他的财政管理能力固然被高估了，可是他在法国大革命早期的摇摆不定和执政乏力却被历史学家们批判得太过了。具体可见沃氏所著《法国革命》一书。

对自己的名声极为小心，铁了心不拿自己的名望冒险。他决不会像施特林泽那样光荣地失败，也决不会扰乱公众头脑的停滞状态，那是只有天才之力才能做到的事。

两年前他邀请拉瓦特①来访，有人说这是为了要把基督教的原则深深印刻在王储的脑袋里。我想拉瓦特是从伯爵脸上的皱纹看出他是一流政治家的，因为拉瓦特有个本领，就是善于在已经注意到他或者他的作品的显赫人物的脸上看出伟人之相。此外，伯爵对法国大革命的看法和拉瓦特一致，这也一定确保了后者对前者的赞美。

一般而言，丹麦人似乎极不喜欢创新。如果幸福只存在于意见之中，那么丹麦人就是世界上最幸福的人。我从未见过对自己的处境如此满意的人。然而，丹麦的气候似乎非常不宜人，不是干热，就是湿冷，空气中从未有过那种令人振奋的锐利的纯净。而在挪威，这种纯净能使你勇敢地面对它的严寒。我听不到

---

① 约翰·拉瓦特（Johann Kaspar Lavater，1741-1801），瑞士作家，新教牧师，观相术（physiognomy）创始人。

丹麦居民用喜悦的口吻谈论冬天,而这是挪威人惯常的主题。相反,丹麦人似乎害怕冬天毫不舒适的险恶。

城堡是令人愉快的,火灾发生前肯定更是如此,那时步行者们不会因为风中裹挟尘埃而烦恼,而眼下即使是最轻微的风也会把尘埃从废墟上吹来。磨坊主的风车及其毗邻的舒适房屋,还有士兵和水手们的宽敞营房的外观,都使这条路更为宜人。乡村的景色除了其广度和农耕外乏善可陈,不过当我们居住在大城市时,我们的眼睛总是喜欢栖息在青翠的平原上,因此这些有树荫遮蔽的人行道应该算是政府为居民提供的众多好处中的一种了。我喜欢这些人行道甚于皇家园林,后者也对公众开放,但是它们似乎沉入了城市的中心,集中了它的雾气。

与街道纵横交错的运河同样方便卫生,但是我对城里的海景没什么兴趣,因为最近看到的各种雄壮如画的海岸仍然令我记忆犹新。尽管如此,那些很少出国的富裕居民一定会认为他们为自己乡村居所选的地址,因为近海而非常舒适吧。

哥本哈根最好的街道之一几乎挤满了政府修建的医院,我相信它们管理得当,就像这类机构在任何国家的情况一样。但是无论何地,那些医院以及济贫院是否得到了足够的人道主义监管,我却常有理由怀疑。

秋天的天气异常晴朗,以至于我不愿把去汉堡的行程推迟得太久。我怕天气突然有变,冬天的寒风会将我困在此处。因此,现在除了我得到推荐信、可以前去拜访的那些人家的殷勤款待外,没有什么是能让我耽搁的了。我住在一个大广场边上的一家旅馆,这个广场有军队演练,还设有市场。我的房间很好。由于火灾的原因,我被告知费用会很高昂。然而,刚刚付账时,我发现他们的收费远低于挪威,而餐食却在各方面都比挪威好。

自从来到哥本哈根,我待在房间里的时候很多。人在陌生的地方本不该总待在房间里,但在寻找信息方面,我的头脑并不总是那么活跃,我那颗被压抑的心也时常发出叹息:

多么枯燥、单调、毫无益处
于我而言这就是这世间的所有操作:

结果竟会如此！①

　　再会！我对你说祝你好运。如果你能，就用不同的语气重复这句告别吧。

　　① 出自莎士比亚《哈姆雷特》，作者凭记忆所做的引用与原文有较大出入。

# 第二十二封信

　　我离开哥本哈根的当晚就到了科索尔（Corsoer），尽管天气相当狂暴，我仍然打算在次日上午穿过大贝尔特海峡（Great Belt）。那行程大约是二十四英里。虽然我和小女儿从来都没有晕过船，但是谁又能避免疲倦呢？坐船对我来说和换马一样平常，至于危险，它爱什么时候来就什么时候来吧，我对它的恐惧还没到期待恐惧降临的地步。

　　从哥本哈根出发的路很好，所过之处都很开阔平坦。但是除农耕外，几乎乏善可陈。我的心比我的眼更高兴看到农耕。

　　我和一个德国男爵同乘一艘驳船。他结束了先前的旅行，正在匆忙赶回丹麦。有情报说，法国人已经过了莱茵河，这使他感到惊慌。和他谈话消磨了时间，振奋了我的精神。自从我回到哥德堡，我的精神就越发消沉，原因你是知道的。我常常努力振作自己去观察，告诉自己以后大约再也看不到眼前的景象了，此时不应忽略观察。然而我还是陷入了遐想，并且自我开脱说，心灵的开阔和情感的优雅实在百无一用，它们只会给四处伏击我们的悲伤之箭装上倒钩，使我们避开智慧的聪敏，使原则变得无用，如果这原则和智慧可以看成保护我们心灵的铠甲。

虽然没有顺风，但是我们在水上停留的时间不超过三个半小时，正好足够让我们饱餐一顿。

那天余下的时间和第二天晚上，我都在和同一群人一起旅行，其中就有我提到的那位德国绅士，以及他的朋友和仆人。在驿站的见面让我很愉快，因为周围通常只能听到异国语言。玛格丽特和孩子经常睡着，即使她们醒着，我仍会认为自己是孤独的，因为我们的想法没有任何共通之处。玛格丽特对妇女的服饰最好奇，特别是装饰她们头尾的篮子和铁圈*①，她还极为开

---

　＊　在法语中，篮子和铁圈是同一个词，即 panier。
　①　此处原文为法语，故有此解。而篮子和铁圈的真正意思是头上的帽子和臀部的大蓬裙。

心地向我讲了一些她为家人珍藏的故事。她说如果能再次回到亲爱的巴黎，她将为家人讲述这些故事。她还不忘以法国人特有的虚荣心——法国人在嘲笑一件事的时候，总是带着这种淘气的、令人愉快的虚荣心——告诉我说，在她把所有的海陆旅行都告诉朋友，向朋友展示她收集的外国货币，对朋友结结巴巴地模仿几句外国话时——她用真正的巴黎口音重复了一遍这些话——她应该装出很重要的样子。快乐的轻浮啊！令人羡慕的无害的虚荣心，它产生的快乐心态抵得上我所有的哲学！

我在哥本哈根雇的那个人建议我绕行大约二十英里，不要走小贝尔特海峡（Little Belt），因为风向正好是逆风，除非是坐渡船，但是男士们否决了他的观点。我们后来都很后悔，因为我们发现自己被困小贝尔特长达十小时之久，只能为了靠岸不停调转方向。

另一个疏忽使这段旅程乏味了很多，不，是几乎无法忍受。我在大贝尔特上船的时候，准备了一些点心以防路上耽搁，结果没有机会吃，于是就认为第二段旅程不再需要这样的预防措施。我被"小"字误导了，后来才知道，一般来说，第二段旅程才更长。这个错误引起了很多烦恼，我的娃娃终于因为面包大哭起来。幻想在我面前勾勒出那个可怜的乌戈利诺和他饥饿的孩子们①的形象。而我，毫不夸张地说，沉浸在同情的恐怖中，我的宝贝每掉一滴泪都加重了这种恐怖。直到我们着了陆，吃了由面包和一盆牛奶组成的午餐，才终于击溃了幻想的幽灵，我才算逃脱了这种心态。

　　然后我和同伴们一同进餐，很快我就要和他们永远分开了。灵魂的分离，从来都是最忧郁的死亡般的想法。命运把我们和一些人分开，随之而来的一切遗憾都像是从我们的身上撕扯下来一样。我记得他们都是些陌生人，但是一张脸上只要有任何独特之处，就会在我们的记忆里占据一席之地。哪怕只是在路上偶遇，一个人一旦引起我们的兴趣，失去他的时候我们就会心生遗憾。事实上，旅伴中有位绅士的长相和谈吐不仅聪明，还更富感性，遗憾的是，在余下的路途中我要失去他的陪伴。他急于在法国人到来前赶回自己的

---

　　① 乌戈利诺（Ugolino）是十三世纪意大利贵族，因叛国罪连同儿孙一同被比萨主教（Archbishop of Pisa）囚于塔中，意欲将其活活饿死。乌戈利诺虽然最终真的饿死了，但为了抵抗命运，他在饿死前先吃掉了自己死去的孩子。这一题材成了欧洲文学和绘画中的常见题材。

庄园,因此不得不乘驿马前行。

　　旅店很舒适,其他几家经停的旅店也一样舒适,只是厚沙路累人,特别是最近在瑞典和丹麦走了一些好路之后,这种感觉更加明显。这一地区很像英格兰最开阔的地区,是玉米种植区,不用来放牧。这里令人愉快,但是这些新鲜地方即使有些独特之处,也没什么景色能唤起好奇心。而在挪威,景色的独特之处常常令我心醉神迷。我们时常经过大片未被圈起的区域,它们或者毫无树木点缀,或者树木很少,总之无法使景色生动起来。道路只是半成形,似乎还需要在荒地上竖起地标来指示方向,以免旅行者偏离正道太远,跋涉在令人疲惫的沙地上。

　　荒野是沉闷的,没有瑞典和挪威的荒野那种可以让人忘了时间的魅力。这里的荒野不管是可怕的岩石,还是微笑的草木,都没能使我们忘了荒野的漫长,虽然那草木看了都让人悦目,香味也馥郁得从很远的地方就能闻到。尽管如此,此地的人口似乎要多很多,而且城镇——如果不是农舍的话——也比挪威的城镇优越很多。我甚至认为这里的居民比我在北方旅行时看到的更聪明,至少我确信他们的面貌更有活力。不管是做事,还是娱乐,他们的感官似乎都是清醒的。因此，当我再次听到白天勤劳的男人们忙碌的嗡嗡声和晚上兴奋的欢笑声时，我很是高兴。天气仍然很好，妇女和小孩或在家门口嬉戏，或在树下散步，很多地方的街道都种着树。大多数有点名气的镇子都坐落在波罗的海的小海湾或者支流上，当我们走近时，它们的外观往往都很美丽。进去后，也会发现环境很是舒适干净，即使不是富裕优雅。特别令我感动的是街上人们的欢乐，丹麦人的死寂实在太令我沮丧了，那里的每家每户都让我想起坟墓。而在这里，农民的衣裳和气候搭配得也很协调。简而言之，贫穷和污垢的样子再也没有了，我是一看到那些就会心烦的。

由于我只是停下来换马、吃点心、睡觉，因此没有机会对此地有更多的了解，只能靠眼睛收集到的信息得出结论，但这足以使我相信，我宁愿住在我现在经过的一些城镇，也不愿意住在我在瑞典或丹麦见过的任何城镇。此地人令我震惊的是他们已经到了那个能够自由发挥才能的阶段。简而言之，他们看上去敏于变革，既不因懒惰而僵化，也不因卑微而屈从于奴性。

因为以前的印象——我几乎无法追溯我是从哪儿获得这种印象的，这次我在德国这一地区看到的这种舒适的样子令我感到很意外。我本来已经形成一种概念,想象小君主的暴政给整个国家蒙上了一层阴暗的面纱,但是现在这种概念就像黑夜在太阳面前一样消失了。假如我有时间探究细节,我可能会在现实中发现很多潜在的痛苦。毫无疑问,痛苦是受到无知压迫的结果。但是这些痛苦并没有暴露并蔓延到我目所能及的表面。是的,我相信这个国家有相当程度的常识。因为只有心动才能行动,才能令我从中得出这些推论来。的确,在我看来,丹麦国王的这个德国属地——荷尔斯泰因,比他王国中任何一个我看到的部分都高明得多。而那些强壮的、肌肉因劳作而紧绷的乡下人也不像丹麦农民那样懒散。

到达黑森-卡塞尔的卡尔王子①的住地石勒苏益格②后,我看到了那些士兵,想起了所有有关德国专制

① 黑森-卡塞尔的卡尔王子(Prince Charles of Hesse-Cassel, 1744-1836),父亲是黑森-卡塞尔领地伯爵弗里德里希二世,母亲是英国公主玛丽。这位卡尔好战,担任过石勒苏益格-荷尔斯泰因公爵及挪威军队总司令。

② 石勒苏益格-荷尔斯泰因是德国十六个州中最北的一个州,它北邻丹麦,南接德国的汉堡,历史上曾属丹麦,一八六六年爆发的普奥战争结束后成为普鲁士的一个省,一八七一年随普鲁士并入德意志帝国,一九二〇年北石勒苏益格与丹麦合并,南部还属德国,至此石勒苏益格-荷尔斯泰因问题从国际法的角度完全解决。

主义的那些令人不悦的想法。然而等我深入此地后，那些想法却在不知不觉间消失了。我怀着怜悯和恐惧的心情看着士兵们受训，而受训为的是日后被卖去杀人或者被杀。我不禁想起了我的一个老观点，即神对整个自然界的设计似乎都是为了保护物种，而非个人。鲜花盛开只是为了枯萎，鱼儿产卵只是为了被吃掉，很多人出生只是为了被过早地铲除！这种对尚在萌芽中的生命的浪费，难道不是在强调不是个人，而是人类的保存对于完成宇宙的宏伟计划才是真正必要的吗？孩子们窥视生命，受苦，然后死去，成年人则如烛火旁玩耍的飞蛾般最终沉入火焰。战争以及"肉体所承受的千百种疾病"将人类成群摧毁，而社会上更残酷的偏见同样会使生存瘫痪，带来虽缓慢却一样确定的衰败。

城堡沉重阴暗，周围的园地设计却有几分雅致。高大的树荫下有条小径曲折蜿蜒，通向一座建造齐整、充满活力的城镇。

我穿过吊桥，走进城堡，去看这个小宫廷的外壳。我登上笨重的楼梯，用"flight"①一词形容这座楼梯真

---

① flight 有"一段楼梯"之意，通常指较短的楼梯。

是个语法错误,因为一整个团的士兵都可以肩扛火枪走上去,并且在巨大的走廊里操练。在这里,黑森卡塞尔的历代君主都能集合起来。不过被他们用来换取王位的所有那些可怜人的幽灵,却因为人数太多而无法集合于此,除非这些气状的幽灵能像弥尔顿的魔鬼一样,有为适应一时情况而收缩和膨胀的本领。①

一看到会客厅,一看到那张假装是王位的扶手椅上悬挂着一顶华盖,我就笑了。我心想,全世界都是一个舞台,很少有人不用扮演他们死记硬背学到的角色。那些不用扮演角色的人,似乎是为了供命运投掷攻击而树立的标靶,或是为他人指路的路标,需要被迫站在泥泞的灰尘中一动不动。

等马的时候,我们观察了女人们的服装,觉得很有趣,因为那衣服的式样真是既怪异又笨拙。这里和丹麦盛行一种错误的审美观,我认为于夏天而言极为不便。自然早已完成了她的创造,而此地的审美观念却

---

① 英国诗人弥尔顿的长篇史诗《失乐园》写撒旦反叛上帝,被逐出天堂,诗中说叛乱天使有变换身形大小的本领。

使身体的某个部位变得如球般丰满,而那个部位①本就不是最苗条的。这种荷兰式的偏见常常使得女人们在十来条衬裙的重压下劳作。此外,毫不夸张地说,她们头顶的帽子像是个巨大的篮子,几乎完全掩盖了她们的体型和脸蛋,而那身条和脸蛋原本常常是值得炫耀的。即便如此,她们看起来还是很干净。她们穿着沉重得我几乎提不起来的衣物,在风中跌跌撞撞地走。我遇到的很多乡下姑娘在我看来都很漂亮,也就是说,她们肤色很好,眼睛明亮,有一种淘气的顽皮,那是乡村姑娘特有的风情。情郎们穿着自己最好的衣服,陪伴着这些漂亮女子。男人们的衣服虽然不是那么麻烦,步态却更嫌懒散。女人似乎到处都是礼仪的先锋,这是改善她们状况的唯一办法。

从我整个旅途看到的情况而言,我不认为英国穷人的处境比世界各地同一阶级的人优越多少,甚至完全不优越。我相信爱尔兰的情况还更差些。我指的是英国以前的情况,因为眼下尽管有股施舍之风被人高度颂扬,但是国家财富的积累只是增加了穷人的忧虑,

---

① 指臀部。

坚硬了富人的心肠。

　　你知道,我一直是所谓慈善的敌人。因为胆小的偏执狂可以假慈善之名掩盖自己的罪行,对正义施暴,直至自己扮演起半神的角色,而忘了自己是人。另一些人甚至不想为死后进天堂积累资本,他们的仁慈不过是变相的专横。他们帮助那些最没价值的人,也就是最具奴性者,还将其称为无助之人。这些人到底有多无助,取决于他们有多能奉承。

　　离开石勒苏益格后,我们经过了几个美丽的市镇,伊策霍(Itzchol)尤其令我高兴。地貌是一样的地貌,但是因为有了更多的树和圈地,看起来好了很多。但是最让我高兴的是人。我已经厌倦了连走四五个小时都见不到一辆马车,也几乎见不到一个农民,然后只好在某个可怜的小屋前停下的情形,就像我在瑞典时那样。这足以使任何一个清醒的心怀同情之人心寒,也给我最喜欢沉思的主题——世界未来的改善——蒙上了一层阴影。

　　农舍和马厩同样干净宽敞。我们驾车驶入马厩,马在此处安置喂食。马厩大得像个厅,还兼仓库的作用,有门通向农舍。农舍的房间都很体面,全家人舒适地依偎在同一个屋檐下,有种坚实紧凑的样子。这把我的幻想带回到原始时代,虽然真正的原始时代可能从未闪着金光,那只是充满活力的想象赋予它的模样,而想象仅能抓住主要特征。

农舍里,一个美丽的年轻女子把我们领进了一间整洁的客厅。这女子的眼睛脉脉含情,眼珠蓝得像天空一样。她看见我的小女儿穿得很是宽松轻盈,就开始用最甜美的声音对她表示怜惜,也不管她其实脸颊红润,健康状况很好。那天是星期天,这女子穿着一件棉布衫,上面装饰了很多蓝色丝带打的结。她的打扮很有品位,甚至颇具风情,衬托了她细腻的皮肤。为了欣赏她,我逗留了一会儿,因为她的每一个姿势都很优雅。身处其他村民中间,她就像花园里的一朵百合花突然在谷粒和玉米花中昂起了头一样。由于房子很小,我给了她一点钱,比我给一般女侍者的都要多。我无法说服她坐下来,她微笑着接受了我的钱,但是又有意当着我的面把钱给了另一个女孩,那女孩给我的孩子拿来了一片面包。我由此看出她是这座房子的女主人,或是女主人的女儿,毫无疑问她也是村里的美人。简而言之,快到汉堡时,我在所有的小村庄里都发现了一种愉快的勤勉,以及那种将痛苦排除在外的安逸神情,这使我颇感惊喜。

在这里和在法国,妇女们穿短上衣,不仅更好看,也为那些地里或家里有活要干的妇女们提供了方便,好于英国妇女穿的拖在泥地里的长袍。

一路上所有的客栈都比我想象的好,尽管床还是太软,令我心烦,使我无法安睡,而我是经常需要好好睡上一觉,以便应付第二天的疲劳的。收费很合理,居民很文明,举止中透着一种诚实的欢乐和独立的精神,几乎让我忘了他们是开旅馆的人,是一群男人、男服务员、女主人、女服务员,以及马夫。上述人群在英国暴露出的狡猾奴性令我特别恶心。

从远处望着汉堡,还有脚下这条绿树成荫的好路,都使我期待发现一个令人愉快的城市,但是后来的真实情况并非如此。

我知道即使是在客栈里也很难找到住处,因为眼下很多陌生人都汇集到这个中心位置,我于是决定第二天去阿尔托纳(Altona)找个住处,现在只是休息一下。但是即使只住一个晚上,我们也得挨家挨户地找旅馆,最后才找到一个能睡觉的空房间。但凡我有别的选择,我都会厌恶地转身离开。

我几乎不知道还有什么比这类小灾难更令人不快的了。我的意思是,有些过去的烦心事后来回忆起来反而很快乐,但是眼下这类小灾难不是。如果在一段漫长的旅程中,我们的眼睛只盯着某个特定的地点,到达后却发现那地方不是我们期待的那样,我们会觉得很烦,本来就躁动不安的情绪会跌入谷底。去年春天回家时我经历的那种最残酷的失望,我管它叫过去的烦恼。你知道有些心是用什么材料做的吗?我像个孩子,为了回忆而哭泣,因为那伤痛仍旧新鲜,仍在震惊我、刺痛我,只是孩子天真的面颊从未像现在我的面颊这样被痛苦的泪水打湿。为什么那从未被罪恶的羞耻玷污的面颊属于我?为什么我像孩子一样天真轻信,却没有孩子般的快乐轻率?再见!

# 第二十三封信

有位先生在旅程中对我多有帮助，他为我在阿尔托纳准备了一个住处。如果我马上去阿尔托纳，就不会在到达汉堡的第一个晚上经历那些不快了，因为那晚我告别了新鲜空气，将自己关在了喧闹和肮脏之中。我觉得那人聪明友好，本想和他一起从哥本哈根来此，但他有事在身，匆忙赶路先走了。当我得知我可能会在安置自己和孩子时遇到一些困难，我就写信给他，请他帮我解决住宿问题。

从汉堡去阿尔托纳，只需要在几行树木掩映下的林荫道上愉快地走一小段路而已。离开这两地铺设得崎岖不平的人行道后，这段散步只会更加惬意。

汉堡是一个建筑密集、人口拥挤的病态城市。据我所知,和其他所有自由市①一样,它的统治方式不仅对穷人严厉,也使富人变得头脑狭隘。人性在汉堡迷失了。汉堡人总是害怕被自己的丹麦邻居侵占,也就是说,他们担心丹麦人分享他们商业上的黄金收成,或者说担心丹麦人从自己手里夺走一点贸易,尽管他们手上的贸易已经多到不知道怎么办才好的地步了。于是汉堡人一直监视着丹麦人,直到双眼失去了所有神情,只剩怀疑的窥视。

为防止一些路过此地的陌生人留宿,汉堡冬天七点钟、夏天九点钟关城门。结果造成了这些陌生人精打细算,把钱花在了汉堡人的世界以外。按百分比提成的佣金让汉堡赚取了巨额财富。佣金比名义上只有两个半,但是通过秘密的贸易操作,至少增加到了八或十,而这还不包括与承包商一起批发货物的好处,以及手里攥着那么多现钱的好处。我可以向你保证,这真不是开玩笑。蘑菇般的暴富是在战争期间开始的,人类也确实像真菌一样。突然涌入的财富通常会在人身上产生粗俗傲慢之气,在这里则

---

① 所谓自由市,是指神圣罗马帝国时期,由皇帝直接统治,而不由当地政府管理的城市。一一八九年,汉堡成为帝国自由市。

表现得非常明显,这和很多移民①的痛苦状况形成了对比。"堕落啊,从他们的高位堕落"②,这就是命运之轮的浮沉。很多移民以坚忍的精神迎接了几乎无法比拟的环境的彻底改变,很有尊严地从宫殿退隐到无名的居所里。但是更多人还是走在伟大鬼魂的身旁,炫耀地悬挂着他们的圣路易十字架③,而且决心一定要怀着希望,"尽管天和地违背了他们的愿望"④。和肮脏的"百分百"的积累者奴颜婢膝的见识相比,教养让人知道谁是绅士,高尚和细腻的情操也都是伟大灵魂的产物。

形势似乎是塑造人性格的模子。我之前问过,为什么牧师一般都很狡猾,政治家都很虚伪?从我最近看到的情况而言,我还想加一句,但是我也不想显得太严厉,那就是完全致力于商业的人永远不会获得或者失去所有的品位和伟大的思想。炫富而不优雅,贪婪

---

① 指因法国大革命而出逃的法国移民。

② 出自约翰·德莱顿的《亚历山大的盛宴》(Alexander's Feast)。

③ 一六九六年,法王路易十四以祖先、被天主教会封圣的路易九世的名义设立圣路易十字勋章,表彰战功卓著的军官。一七九二年,法国大革命政府取消了此项荣誉。

④ 出自安娜·拉埃蒂茨娅·巴鲍德(Anna Laetitia Barbauld)的《第一首歌》(Song Ⅰ),作者凭记忆所做的引用与原文略有出入。

享乐而毫无情操,把商人变得粗野如兽类,直到他们把所有英雄式的美德都叫作浪漫尝试,认为这些美德超越了人类的本性,还把对他人福祉的关心都叫作自讨苦吃,认为那些东西统统事不关己。但是你会说我越来越尖刻,也许还越来越针对个人。啊!我是否可以悄悄地告诉你,自从你深陷商业以来,你已经起了很多奇怪的变化,比你自己意识到的还要多得多。你从来不允许自己反省,你让你的思想,或者更确切地说是激情,处于一种持续的激动状态。自然给了你天赋,但它或者沉睡不醒,或者都浪费在了卑下的追求上。你要让自己醒来,你要抖去蒙蔽你的污秽尘埃,不然我的悟性和我的心就大大欺骗了我。只是告诉我那会是何时?可是现在这离题太远了。

我到的那天,拉法耶特夫人①离开阿尔托纳去了维也纳。她想求人释放她丈夫,或者获得和他一同被监禁的

---

① 拉法耶特夫人(Madame Lafayette)的丈夫拉法耶特侯爵(Marquis de Lafayette)曾参加美国独立战争,后又成为法国大革命早期的重要领导人。一七九二年雅各宾派夺权后,他被控叛国,逃亡奥地利,以革命者的身份被囚。拉法耶特夫人带着两个女儿前往维也纳拜访弗朗西斯皇帝,试图争取丈夫的释放或一家人的重聚。弗朗西斯皇帝允许他们一家一起被囚禁。

许可。她在阿尔托纳时,住在两层楼上的一个住所里,没有仆人,只有两个女儿快活地帮她。女儿们和她一样,在不必要的义务面前,凡事都能屈就。我听说,她在得意时和随后的闲散期内从未享受过良好的健康。她有一连串神经性的疾病,虽然这些病没有名字,除非借用一个有意思的词-——**"倦怠"**(ennui),但是在法国上层社会的圈子里,这个毛病是真实存在的。好在逆境和善行消除了所有这些问题,让她摆脱了一个堪称"群"的魔鬼①。

有段时间,让丽夫人②也以假名住在阿尔托纳。同住于此的很多其他遭难者的地位虽高,却没有她那么有名。事实上,每次出门很难不遇到一些有趣的脸,那脸上的每个线条都在诉说当事人以前过过好日子,现在却落魄了。

据我所知,在汉堡,有位公爵和他的厨子结成了合伙人。厨子开了个饭馆,提供订餐服务,用辛苦所

---

① 语出《圣经·新约》"马可福音",第五章第九节,耶稣问一个污鬼叫什么名字,污鬼答"群",因为多。

② 让丽夫人(Madame Genlis,1747—1830),法国贵族、剧作家、小说家和教育家,法国大革命期间逃离法国。沃斯通克拉夫特曾在自己的教育类作品中引用过让丽夫人的作品。

得的利润舒适地供养了两个人的生活。我在这里和法国都了解到很多仆人对不幸的旧主不离不弃的高尚事迹，很是触动我心，这其中最大的乐趣是发现人类的美德。

在阿尔托纳，有个前贵族议会的议长开了一家法式饭馆，卖固定价格的餐食。他的妻子也以愉快的尊严向命运屈从，尽管她早就到了很少放弃偏见的年龄。一个在那儿当服务员的姑娘冒死从法国带来一打藏在衣服里的金路易，她保管着这些金币，以免疾病或者任何其他不幸降临到她女主人的头上。"她不习惯吃苦。"她这样评价主人。这个饭馆是你认识的一个人——《美国农民通信》的作者——特别推荐给我的，我经常和他一起进餐。当我们比较对汉堡的看法时，我先前提到的那位先生经常为我们反商业的宣言所触动。"夫人，"有一天他对我说，"这里的所有人，没有一个不是从身体到灵魂，从肌肉到心脏，都因为贪得无厌而变得干瘪萎缩的。即使在他们年轻的激情中，也没有任何慷慨之意。利润是他们唯一的刺激，算计是他们官能的唯一用处，除非我们将粗俗的动物满足感也包括进来。而他们趁闲暇时间抓住的这点满足感，却只会更加贬损他们的人格,因为尽管那个脚上长翼的神①曾用魔杖触碰过他们,他们却只获得了他的所有技艺,而没有得到他的任何智慧。"

或许你也会认为我们太严厉了,但我必须补充一点:我越是看到汉堡人的举止,就越坚信我的一个观点,即广泛的投机行为对道德品质有害无益。人是一架奇怪的机器,人的整个道德体系通常由一个宏大的原则维系在一起,当人们允许自己肆无忌惮地突破那道使其保有其自尊的边界时,这个原则就失去了力量。人在追求财富的过程中先是停止爱人类,然后又停止爱个人,因为前者和他的利益发生了冲突,后者又和他的快乐发生了冲突。正如有句话说的那样,一切都必须让位于商业。不,是一切都必须牺牲于商业。公民、丈夫、父亲、兄弟都变得徒有其名,不含一点可亲的慈悲之情。但是什么?我要打断思路,必须说再见了。卡桑德拉②并非是唯一一个警告之声被

---

① 以翅代脚的神指赫尔墨斯,希腊神话中商人、旅行者、骗子、小偷和撒谎者的庇护神。

② 卡桑德拉(Cassandra),希腊神话中受诅咒的女先知,这诅咒是看到真相,说出真相,却无人相信。

忽视的女先知。在当今这个世界上,遇到爱比遇到情
容易多了!

　　谨上。

# 第二十四封信

　　我在阿尔托纳的住处还算舒适，虽然它与我付的钱不成正比。不过，鉴于眼下的情况，这里的一切生活必需品都非常昂贵。考虑到这是一个临时住所，我要抱怨的主要不便是，在玛格丽特和孩子走上平路之前，我们必须经过崎岖的街道。

　　此地景色平平，几无变化，这就更加反衬了城市附近易北河的秀色宜人。我试图下楼，走近水边，但是无路可走。我在靠近海滩的地方发现一家规模很大的工厂，晾胶的气味让我觉得非常难受，但是，一切都必须给商业让路，利润和利润是唯一的投机——"加倍，加倍,劳累和麻烦。"①我每每走进阴凉的小路,都很快不得不侧身让路给制绳工。我看到的唯——一棵似乎有点品位的树种在墓园里,为的是给诗人克洛普斯托克(Klopstock)之妻的坟墓遮阴。

大多数商人在夏天都有乡间别墅可住,他们中很多人都住在易北河畔。在那里,他们会很高兴看到邮船抵达,那是一星期里对他们而言最重要的时刻,可以用来划分他们一星期的时间。

大船小艇随着潮水不断变换位置,形成了一幅动态的图画,使得这条高贵的易北河——汉堡的重要水道——变得非常有趣。河流的蜿蜒有着极美的效果,有时候一次可以看到两三圈回路切割着平坦的草地,有时候河流又会突然转弯,使自身的规模增大。尽管怀抱着那么多宝藏,易北河银白色的广袤水面却几乎没有流动,让它在某一时刻看起来像是个宁静的湖泊。

与我最近久居其中的群山和岩石海岸相比,再也没有什么比这个平坦国家及其海岸造成的反差更为强烈的了。在幻想中,我回到了一个我最爱的地方,似乎

---

① 出自莎士比亚《麦克白》。

摆脱了人和痛苦。但是,当我沉浸在崇高感情中的时候,商业的喧嚣又把我拉回到了被我抛在身后的一切忧虑中。直插天堂的岩石包围着我,仿佛要把悲伤都阻拦在外。平静似乎也从湖上悄然走来,抚慰着我的胸膛,平息了让周围杨树不断颤抖的风。现在我听到的只是关于交易中各种诡计的叙述,或是某个被野心伤害了的人的悲惨故事。

汉堡的好客仅限于我提到的乡村别墅的星期天的邀请。当一盘又一盘的菜肴在桌上冒着热气,交谈也在泥泞的商业渠道中不断流动时,我很难获得任何恰当的信息。假如我打算在这里待上一段时间,或者我的头脑更能活跃于一般性的调查,我应该努力让人给我介绍一些不完全沉迷于商业的人。但是在这个利益的旋涡中,除了那些或悲惨或高傲的移民外,很难找到其他人,而这些移民又无不干着在我看来像赌博一样不光彩的勾当。国家的利益就这样被投机商们交易掉了。天哪!不管各个国家的具体情况如何不同,狡猾的腐败链条都将有利可图的生意冷静地送到了特定人物的手中。如果靠欺诈能获得信任,那么在履行信任的过程中,谁还会指望什么普遍的诚实?

在这次旅途中以及在法国居住期间，我都有机会窥视到俗称"大事"的幕后情况，却都发现了一种卑鄙的机制，正是它引导了很多瞬息之间的交易。跟承包商和蝗虫群对人类生命的掠夺相比，剑都还要更仁慈些。这群蝗虫先是造成瘟疫的蔓延，然后又食之而肥。他们就像贩卖黑奴的船主人一样，从来都闻不到自己用鲜血换来的金钱上沾染的血腥味。他们安睡在自己的床上，然后管这些勾当叫合法职业。然而闪电并没有在他们的屋顶上留下印记，惊雷也没有向他们打响一个信念，告诉他们"上帝对人的做法是正当的"。①

我为什么要为自己哭泣？"拿着吧，哦，世界！亏欠你的眼泪良多！"②

再见！

---

① 这是弥尔顿在长诗《失乐园》中对自己写作意图的说明，即"断言永恒的天意，并证明上帝对人的做法是正当的"（I may assert eternal providence, And justify the ways of God to men）。

② 出自杨《夜怨》。

# 第二十五封信

　　阿尔托纳有一个很小的法国剧院,演员们比我在哥本哈根看到的好很多。汉堡的剧院还没有开放,但是很快就会开放,因为七点钟关城门的做法迫使市民们离开了他们的乡间别墅。不过,关于汉堡,我没法再获得更多信息了,因为我已经决定趁顺风一起乘船回英国。

　　即使季节的推移没有令我改变计划,法国军队的存在也会使我原计划取道瑞士的德国之旅几乎无法践行。此外,瑞士虽然是我这几年特别想去的国家,但是今年我不想再远行了。不,我已经厌倦了变换场景,也不想每次人和地方开始引起我兴趣的时候,我却必须转身离开。这也是虚空!

# 多　佛

　　匆忙上船时，这封信还没写完，现在我只想告诉你，我一看到多佛(Dover)悬崖，就纳闷怎么会有人称其宏伟。见识过瑞典和挪威的悬崖后，多佛悬崖在我看来简直微不足道。

　　再见！我的观察精神似乎已经消失了，我一直在这个肮脏(字面意思)的地方游荡，消磨时间。尽管我太想逃离那些纠缠我心的思绪，思绪却难以被轻易甩脱，甚至也没法靠做事将其消磨掉，除了为去伦敦做准备。

　　上帝保佑你！

玛　丽

# 《北欧书简》补遗

　　私事和烦忧常常纠缠着我,使我无法在这段旅程中获得所有信息。假设我的注意力能够不断敏于问询,则场景的新奇大可提供这些信息。自我为出版而准备这些信件以来,我就常感叹我对眼前之事多么不敏感。然而,一个但凡有点思想的人在思考一个陌生国家的历史时,自然会将其与当前的风俗进行对比,而我对所游历的王国一直以来进行比较和思考的结果,就是相信其知识和幸福正在不断增长。

　　瑞典穷人之穷使其文明异常偏狭,奴隶制阻碍了丹麦每一个阶层的进步,但是两国都在进步。诚然,仍有无数罪恶折磨着人道的调查者,还将仁慈的改革者推入错误的迷宫——后者是希望随着舆论变得理性,迅速摧毁只有时间才能根除的偏见——但是,专制和无政府状态的巨大邪恶业已在很大程度上随着欧洲日益改善的生活方式而逐渐消失。

对人类的热烈感情使得一些热诚之士急于过早改变法律和政府。然而,如若想使法律和政府变得有用和持久,就必须让它们生长在每一种特定的土壤里,成为国民理解力逐渐成熟的果实,成为随时间的推移而成熟,而非不自然发酵强扭的结果。而且,我在北方之旅中对社会所获得的观点应该已足以令我相信这种变化正在以加速度取得进展——即便我此前并未考虑到那些联合起来推动人类进步并减少人类痛苦的重大原因。

附　录：

沃斯通克拉夫特写给美国情人伊姆利的私信

# 六月二十七日,星期六

今日午后我到达了[哥德堡]①,之前我曾徒劳地尝试在[阿伦达尔]登陆。现在邮件发出前,我只有一点时间通知你:虽然遭遇了相当大的困难,因为我们是在离目的地二十英里的地方坐小船上的岸,但我们还是到达了。

我在船上遭受的一切,此刻我将不再赘述——我也不会再提我在看到岩石海岸时的快乐。然而,今天早上,当我走向马车想乘车来此时,我却毫无预兆地倒在岩石上失去了知觉——我是如何死里逃生的我几乎猜不出。我昏迷了一刻钟;血液的流动终于使我恢复了知觉——挫伤很严重,我的脑子也很乱。孩子身体很好。

---

① 以下私信译文中中括号部分为人名地名。沃氏丈夫葛德文在编辑亡妻信札时想是为了避免侵害他人隐私,因此将人名地名全部省略,如今翻译只好根据上下文重新补充,有无法补充处皆以"某"代替。下同,不再一一说明。另,收信人伊姆利,即吉尔伯特·伊姆利(Gilbert Imlay, 1754-1828),美国商人、作家和外交官。

事故发生后,我在雨中坐了二十英里的马车,这可真够让我精神错乱的——何况我在此处还找不到可以取暖的火,或者任何可以吃的热饭;客栈不过是马厩,然而无论如何我还是得去睡觉。看在上帝的分上,让我马上收到你的信吧,我的朋友!我身体不好,可是你知道我不能死。

谨上。

吉尔伯特·伊姆利(1754–1828)

## 六月二十九日

　　我在最后一班邮件离开前写信给你,通知你我已到达;我想我提到了在船上忍受的极度疲劳,起因是[玛格丽特]的疾病和恶劣的天气——我还向你提到了我摔了一跤,其影响我现在还能感觉到,不过我想它不会造成任何严重后果。

　　如果我觉得有必要去[哥本哈根],[贝克曼]①会和我同去。这里的旅馆条件太差,我不得不住在他家。我被各方面的礼貌所淹没,也被各种取悦我的努力所累,这些我都无法逃避。

　　我的朋友——我的朋友,我身体不好——一种致命的悲伤重压在我的心头。我又一次被抛到了人生汹涌的浪尖上;我必须在没有希望支撑的情况下应付困难,可是只有希望才能使困难可堪忍受。"多么枯燥、单调、毫无益处啊!"这就是在我看来此地人如此急切地

---

　　①　伊莱亚思·贝克曼(Elias Backman)是瑞典商人,住在哥德堡,伊姆利此次"银船"生意的合作伙伴。

要进入其中的喧嚣！我每晚都渴望上床,把我忧郁的脸颊藏入枕中,但是我的胸膛里有一条永不睡觉的蛀虫。

# 七月一日

我徒劳地想使头脑平静——悲伤和失望已将我的灵魂压垮。每一件事都让我感到疲惫——这种生活无法长久。必须由你来决定未来——你决定了,我会照办——我的意思是,我们要么下决心生活在一起,要么永远分开,我无法忍受这不断的挣扎——但是我希望你仔细审视你的内心和思想;如果你觉得没有我比和我在一起更幸福,但凡有一丝这样的可能,或者如果你就是倾向于没有我,那么不要掩饰;坦率地告诉我你再也不想见到我。然后我将采取我向你提出的计划——因为我们要么共同生活,要么我完全独立。

我的心是如此压抑,我无法准确地书写——然而,你知道,我表达得如此不完美的东西并非一时的粗俗感情——你只能通过和我在一起而帮我获得安慰(我需要安慰)——而且,如果最温柔的友谊还有些价值,你为什么不向我寻求一点满足呢? 那是无情之情所不能给予的。

那么告诉我,你是否决定和我在巴塞尔见面? ——我想我会在八月末前抵达[汉堡?]。你在巴黎料理完你的事情后,我们能不能在那里见面?

上帝保佑你!

谨上。

可怜的[范妮]的牙齿在旅途中吃了苦头。

# 七月三日

你的上一封信弥漫着一种阴郁的氛围,让我至今记忆犹新——不过,回想起你是如何迅速摆脱一时的强烈感情的,我奉承自己说它早就应该让位给了你一贯的快乐吧。

相信我(当我向你如此保证的时候,我的眼里充满了温柔的泪水),我宁愿忍受丧失一切,也不愿扰乱你的宁静,——如果我命中注定不快乐,我也会努力把悲伤藏在自己怀里;让你永远看到我是一个忠实、深情的朋友。

我越来越依恋我的小女儿——我毫无畏惧地珍惜着这份情感,因为它必须经过很长一段时间才会变成灵魂的苦涩。——她是个好玩的小东西。在船上,当我凝视大海时,我是多么经常地渴望把我那忧愁的胸怀埋葬在这个不够忧愁的深渊里啊;我还和布鲁图斯一起断言:"我如此苦苦追寻的美德,原来不过是个空名!"要不是看到她——她顽皮的微笑似乎紧贴着、缠绕着我的心——简直什么也阻挡不了我这么做。

我这份痛苦何其独特！为了践行我的原则，我对自己的思想进行了最严格的限制——是的；为了不玷污我微妙的感情，我控制了我的想象力；我从每一种感觉那里惊恐地跳开，(我指——)它带着芳香的甜蜜潜入我的灵魂，使我从远处就闻到了自然复苏的香味。

我的朋友，我为一种信念付出了沉重的代价。——在某些人心中，爱是一种情感，它产生于同样微妙的感知(或品味)，使人敏感于自然之美、诗歌之美，敏感于那些转瞬即逝、无法触摸、必须被感觉、不能被描述的魅力。

爱是我内心的需求。我最近比先前更加仔细地审视自己，我发现让心死去并不能让心平静——为了平静，我几乎摧毁了我灵魂所有的能量——几乎根除了令其变得可贵的东西——是的，我挫伤了我性格中的热情，它能将最粗俗的材料转化为燃料，在无形中帮希望生长，因为希望渴望超越平庸的享受。自从孩子出生以来，绝望使我变得愚蠢——灵魂和身体似乎都在令人枯萎的失望的触摸面前凋谢。

我如今正在努力恢复健康——我身体的弹性，还有这里空气的纯净，使我原本没有期盼得到的健康开始恢复,我的容颜重新焕发光彩。

我对你怀有最真诚的尊重和情谊——但是对恢复平静的渴望(你明白我的意思吗?)让我忘了我对自己的情感也怀有尊重——这些神圣的情感是一份确定的预兆,它说明我之所以被创造是为了享受快乐——而且我一定要享受快乐,因为没有什么能熄灭上天点燃的火花。

不过,如果我们再次见面,我保证再也不会折磨你了。回想起以前的种种做法,我深感羞愧——以后再也不会让那些感觉低我一等的人搅扰我了。——我会听从得体,或者骄傲的声音。

# 七月四日

希望明天能有你的信来。我最亲爱的朋友！我无法把我的感情从你身上撕扯下来——尽管每一次回忆都会刺痛我的灵魂，但我还是会想起你，直到我原谅那些残酷地刺戳着我的平静的性格缺陷。

然而，我仍然比很久很久以来你看到的样子更活跃了。即使是在悲伤中，我也有一定的活力，比起去年冻结了我所有能力的麻木，这真是好多了。——这种变化或许更多是由于健康的恢复，而非我理性的活力——因为，尽管悲伤（我当然悲伤），可是空气的纯净，以及经常身处户外（因为我每晚都睡在乡下），使我的外表发生了令我惊讶的变化。——健康的玫瑰色手指已经在我的面颊上留下了痕迹——攀登完岩石后，我在自己的眼睛里看到了一种活力，类似于年轻时那种天真、轻信的希望。

我长叹一声，才想起我竟然忘了希望！——理性，或者更确切地说是经验，不会因此残酷地抑制 [范妮] 的快乐；她整天都在花园里和 [贝克曼] 的孩子们玩，结交朋友。

　　不要告诉我，没有我们你会更快乐——你不会到瑞士来找我们吗？啊，你为什么不多些感情地爱我们呢？——你是一个如此富有同情心的人，可为什么你感情的温暖，或者说你感官的敏捷，却都在使你的心变得如此坚硬？我的不幸就在于我的想象力永远都在掩盖你的缺陷，给你增添魅力，而你粗俗的感官却让你忽视了我身上的美好(不要说我虚荣)，只有头脑的尊严和开阔的心灵的敏感才能带来这些美好。——上帝保佑你! 再见。

# 七月七日

　　上一次邮件到来时,没有你的信,我不禁感到非常难堪。我身处[斯特伦斯塔德]只是偶然,你大可冒险写信来试;一年前你就会。

　　然而,我不会抱怨——不幸如此巨大,连想表达的普通悲伤都沉默下来——相信我,这世上有种东西叫心碎!有些人的能量会折磨自己,以自己为食;而那些倾向于通过反思珍视某种激情的人,却不能满足于生活中一般的舒适。我试图逃离自己,投入这里所有可能的放纵当中,但是当我和孩子独处时,我却感到了更为强烈的痛苦。

　　还有什么能让我高兴? 要不是失望让我与生活隔绝,这个浪漫的国度,还有这些美好的夜晚,是会让我感兴趣的。我的上帝啊,真的没有一件事能让我高兴起来吗? 难道我只能感到痛苦的刺激? 但是痛苦不能——也注定不会持久。

　　邮件又到了;我让人去取信,结果却被一句否定的回答伤及了灵魂。——我的脑子好像着火了,我必须到室外走走。

# 七月十四日

我现在在去[汤斯堡]的路上。离开孩子的感受比我预料中的更强烈。晚上的每一刻我都以为自己听到了她半成形的声音。我自问我怎么能想到永远离开她,让她如此无助?

可怜的小羊羔!"上帝会为被剪了毛的羊羔驯服风!"这话在故事里或许很能行得通,然而,当我赤裸的胸膛不得不不断抵挡无情的风暴时,我还怎能指望她会得到庇护?是的,我可以和可怜的李尔一起补充说,与失恋带来的痛苦,以及因发现他人失信而感受到的恐怖(它折断了每一条社会纽带)相比,和自然搏斗算得了什么?

是什么地方出错了!——你刚认识我的时候,我并没有像现在这样迷失。我仍然可以吐露心事——因为我向你敞开了心扉——而你却剥夺了我这唯一的安慰。可是同时你还对我说,我的幸福是你的首要目标。这是多么奇怪的判断力缺乏!

我不会抱怨;但是,就你良好的理解力而言,我相信,如果你允许自己反省,你会觉得你对我的所作所为非但非常不慷慨,还很不公正——我并非指人为的道德原则,而是指一切正直立于其上的简单基础。——然而,我不打算争辩——你不写信是残酷的——而我的理性也许是因为不断感到悲惨而烦乱。

可怜的[玛格丽特]出于温柔很想陪我同去;因为我登陆时的晕倒,或者更确切地说是抽搐,以及后来我脸色的突变都使她非常惊慌,让她总是害怕我会发生什么意外——但是正在长牙的孩子会在这个温暖的季节里受伤。

我在[哥德堡]时,没听说你给我写过信。很好!你爱怎样就怎样吧——我什么都不怕,也什么都不在乎!我来这里本来就是为了收钱,一旦我知道能不能拿到钱,我就再也不会给你写信烦你了,因为你本来也不会回信。

# 七月十八日

我在[汤斯堡],和孩子分开了,我在这里必须至少待一个月,否则就不如不来。

[以下葛德文省略几行]①

我已经开始写作[大约是《北欧书简》],我希望这能帮助我履行我在金钱方面的所有义务。——因为未能早点着手做这件事,我都有点瞧不起我自己了。

我不会对你的沉默再作评价。上帝保佑你!

---

① 所省文字不得而知,除非查阅原始档案,但可以猜测大约是沃氏此来要处理的船只失踪之事,或许也有太私密而不足为外人道之语。

# 七月三十日

　　刚刚收到你六月二十六日和三十日的两封信;你一定也已收到了我的好几封信,知道我滞留于此,也知道你的沉默是多么伤害我。

　　[以下葛德文省略几行]

　　那么给我写信吧,我的朋友,明确地写。上帝知道,自从我离开你,我就一直在受煎熬。啊! 你从来没有感受过这种心灵的病痛! ——然而,现在我的头脑痛苦地活跃着,我所感受到的同情几乎上升为痛苦。但这并不是一个关于抱怨的话题,它给了我快乐——如果我孤独的胸膛里还有一星半点希望的火花——我所希望的就是获得反思时的快乐。

　　我会尽量冷静地写。我希望我们生活在一起,因为我希望你对我可怜的女儿能够养成一种习惯性的温柔。我不忍心把她一人留在这个世界上,也不忍心她得到的只是你出于责任感的保护。我最热切的愿望是保护她,其次是不要打扰你的安宁。我自己对生活无可期待,也无可畏惧——有一些伤口永远都无法治愈——但是它们可以默默溃烂，而不必时时显露出来。

当我们再次见面时，你会相信我的决心比你想象的大。我不会折磨你。如果我注定总是失望和不快，我会隐藏我无法驱散的痛苦；收紧的生命或理性之绳终会崩断，给我自由。

是的，我会幸福——这颗心值得它的情感所期待的幸福——尽管我的原则和情感让我痛苦，但我甚至无法说服自己它们不是建立在自然和真理之上的。但还是不说这些了。

［以下葛德文省略几行］

自从我来到［汤斯堡］，我就在以这种方式认真工作着。然而，我也从未像现在这样如此多地待在室外——我走路，骑马，洗澡，甚至在田野里睡觉；我的健康因此得到了改善。［玛格丽特，或者可能是贝克曼］告诉我孩子身体很好。我渴望和她在一起。

立刻给我写信吧——如果我只想到自己，我会希望你带着你朴实的性格回到我身边，可怜的人，那性格中的一部分你最近似乎失去了，可那是你一开始就有的。

谨上。

［玛丽·伊姆利］①

我在给其他信件署名,因此也机械地对在写给你的信未署了同样的名。

———————————

① 为图方便,沃氏和伊姆利对外以夫妻相称,其实二人从未真正结婚。

# 八月五日

工作和锻炼于我大有助益;我已经完全恢复了哺乳期失去的体力和活动。我很少像现在这样健康;尽管我的精神仍会在痛苦的触碰下颤抖,但是我已经平静多了——可是也还一样。——相比过去很长很长一段时间,我在这里确实享受到了一些宁静和更多的幸福——(我说幸福,因为我无法给这个荒凉的国度和晴朗的夏天带给我的那种美妙的快乐赋予任何其他称谓。)——然而,当我审视内心,我发现我心的构成使我如果少了某种特殊的感情就活不下去——恐怕那是激情——相比独处时,我在与人相处时更能感到这种情感的缺失。

[以下葛德文省略几行]

写信给你时,每当一个深情的称呼出现时——我的眼里就充满了泪水,我颤抖的手也只好停下——日后我们相见时,你可以相信我的决心。如果我注定要不快乐,我会把痛苦都留在心里——温柔,而不是激情,让我有时忽略了得体——这样的温柔会在未来约束我。上帝保佑你!

# 八月七日

　　空气、锻炼和洗浴绷紧了我的肌肉，覆盖了我的肋骨，让我恢复了健康，即使是在我已经恢复了先前那些活动的时候。——尽管我抓住了一些美妙的快乐时刻，比如在林中漫步，在岩石上休息，但是我还不能说我的头脑也已恢复了平静。

　　我的朋友，这种悬疑状态让我无法忍受；我们必须做出决定——而且要快；——我们必须很快见面，否则就永远分开。我知道我的行为很蠢——但是我很悲惨——当我们在一起的时候——我的期待太高，让我原本可能得到的快乐从我身边溜走了。如果你另有所爱，我将无法和你生活在一起——也不应该生活在一起。但是我向你保证，我的爱不会打扰你。我的心既然已被残酷的失望撕裂，我就没有理由期待还能看到幸福的影子，但是孩子的幸福似乎取决于我们是否在一起。即便如此，我仍不希望你为了一点不确定的善而牺牲了自己享乐的机会。——如果我们真的分了手，不再见面，我深信我能养活她，这也将是我的目标。

她的感情不能分割——她必须是我的安慰——如果我不会再有其他安慰——也必须只知道我是她的支撑。我觉得我无法忍受与你通信的痛苦——如果我们只是通信。——不;如果你想在别处寻找幸福,我的信不会打断你的安宁。我对你来说等于死了。我无法向你表达写下永远分开这几个字时带给我的痛苦。——你必须下定决心——审视自己——但是,看在上帝的分上!别让我去忍受不确定的折磨吧!——我可能会在审判下沉沦;但是我不会抱怨。

再见!如果我还有什么要对你说的话,那也都已经被最折磨人的恐惧吸收了,不见了;然而我几乎不知道我还得害怕什么新鲜样式的痛苦。

我应该请你原谅我有时写信写得很生气;可是你如果真的理解一个真心待你之人的心,你就会把它归咎于情意。

谨上。

# 八月九日

你的五封信都[可能是从哥德堡]转给我的。其中写于七月十四日的那封，那种语调可能是我应得的，但我没料到你会写这么一封信来。不过现在不是回答的时候，我只想向你保证，你将再也不会被我的任何抱怨折磨了。我讨厌自己这么长久地用感情纠缠你。

孩子很好。我希望我们会很快见面，再不分开——我的意思是我和女儿。我将带着某种程度的焦虑等待，直到他们通知我你的事情①会如何了结。

谨上。

---

① 指此次北来想要索回的钱财和找回的失踪船只等事。

## 八月二十六日

昨晚来到此地后，我怀着无比喜悦的心情，再次将我的宝贝贴在心口。我们两个将再不分离。你也许无法想象看到她到处乱跑、独自玩耍时带给我的快乐。她日益增长的智力也使我越发依恋她。我答应过她会履行我对她的责任；无论将来发生什么，我都不会忘记这个承诺。我还会努力为她争取经济上的独立；但是在这方面我不会太着急。

我已经告诉你我恢复了健康。活力，甚至是精神的活力，也随着体质的更新而重新回来了。至于平静，我们先不谈它。我也许生来就不是为了享受所谓平静的满足的——

［此处葛德文省略几行］

你告诉我说我的信折磨着你；而你的信对我产生的作用，我就不说了。今天上午我收到了三封，最后一封写于本月七号。我的意思是不想在这里发泄你的这些信让我产生的情绪。——你当然是对的；我们的想法并不一致。我生活在一个理想的世界里，培养的是你不理解的感情——否则你就不会这样对我了。我不是,也不会仅仅是一个同情的对象——障碍即使再轻都会惹恼你。忘了我的存在吧:我永远不会提醒你。一个强烈的声音在我耳边低语,让我结束这些挣扎。自由吧——-当我无法取悦你时,我也不会折磨你。我可以照顾我的孩子;你不必不停地告诉我,我们的命运是不可分割的,还有你会为我尽力珍惜自己的温柔。不要对自己施暴!既然你如此看重金钱,我们分手后,我们的利益也会完全切割。我不想要没有爱的保护;只要我的能力还不受干扰,我就不需要被你养活。我不喜欢住在英国;但是痛苦的感觉必须让位于更高层次的考虑。在其他地方我可能无法获得养活孩子和我自己所需的资金。去瑞士太晚了。我不会待在[伦敦?],过昂贵的生活。但是不要惊慌!我不会再把我自己强加于你了。

再见!我激动不安——我的整个身体都在抽搐——我的嘴唇发抖,仿佛冷得打颤,可是血管里流动的却又好像是火焰。

上帝保佑你。

## 九月六日

刚收到你二十号的来信。昨晚我写了一封信给你,我在不自觉间流露出一些灵魂的痛苦。我将在眼下这封信里抄写与业务相关的部分。我的虚荣不够多,不会让我以为我可以在比瞬间更长的时间里给你的享乐生活蒙上阴影——为了防止这种情况发生,你最好永远不要收到我的信——最好停留在我很快乐的想法上。

仁慈的上帝!当我收到你漠不关心的新证据时,我不可能抑制住诸如怨恨一类的东西。我在过去这一年里受的苦不能忘!我不幸没有那个智慧的替代物,麻木——把我和其他人连结在一起的那些活泼的同情,本质上全是痛苦。——它们是一颗破碎的心的痛苦——快乐曾经和我握过手。

我在这里看到的除了成堆的废墟没有其他,我交谈的对象也只限于那些沉浸在生意和感官享受中的人。

我厌倦了旅行,但又似乎没有家,没有休息之地可以指望。——我被奇怪地抛弃了。当我在岩石间穿行时，我无数次地想："要不是为了孩子，我宁愿把头枕在这石头上，再也不要睁开眼！"以我这样一颗对我天性中所有情感都极度敏感的心——我还从没遇到过另一颗比我想要当作长眠之枕的石头更柔软的心。我曾经以为我遇到了，但那全是错觉。我不断遇到或因感情或因原则联系在一起的家庭——当我意识到我已经尽职尽责，而且几乎到了忘我的地步时，我已经准备好了向天低声发问："我为什么会被这样抛弃？"

你现在说［此处葛德文省略几行］

我不明白你。你必须写得更明白些——而且必须确定某种行为方式。——我无法忍受这种悬而不决——决定吧——你害怕再打出一拳吗？我们要么共同生活，要么永远分手！——在这个问题得到答复前，我不会再写信给你了。在我写下一些无关紧要的话题前，我必须使自己饱受折磨的灵魂平静下来。

［此处葛德文省略几行］

我不知道我是否写清楚了，因为我的脑子很乱。——但是这一点你应该原谅——因为我经常很难理解你的意思——我想，你是在［某人］处，在晚饭后头脑最不清醒的时候写的信吧——至于你的心，如果你有心，我看不出信里有什么东西像是爱的表现，除非是你提到孩子的瞬间。——再见！

# 九月二十五日

刚写完了一封给你的信,那是要交给［某］船长代发的。我在那封信里抱怨了你的沉默,表示了我的惊讶,因为邮件来了三回,竟然都没有给我带来你的一行字。写完了刚才那封信后,我听说又来了一批邮件,但还是没有你的信。——我在努力以冷静的心态写——你的沉默是对残忍的升级。如果［某］船长再多待几天,我就和他一起回英国了。我在这里还能干什么?我已经多次无比详尽地给你写信了。你也要这么做——而且要快。别把我吊在这里。我不应该被你这样对待。我写不下去了,我的精神太痛苦了。再见!

# 九月二十七日

当你收到这封信时，我要么已经登陆，要么正在英国海岸盘桓——你十八号的信使我做了决定。

你是根据什么原则或者感情标准，说我的问题非同寻常、没有必要，我无法确定。——你希望我决定——我已经决定了。很久以前你一定收到过我从［某地］写的两封意思相同的信，你可以据此考虑。天知道！这两封信里充满深情，太过忠实地倾诉了一个被弄得心烦意乱之人的痛苦！——除此之外我还有什么可说呢？——负面消息来自你。——你一直都在重复你的承诺，说要与我在秋天见面——我想要一个"是"或"否"的回答，这难道有什么不同寻常的吗？你的信写得极其严厉、冷淡，对此我早已习以为常。我在你的信里找不到一丝人性的温柔，更找不到半点友谊。我只看到一种想把负担卸下来的欲望。

我不屑于为言辞争论。——你用何种言辞作决定并不重要。

那个使这颗心得以形成的巨大力量①一定已经预见到,在一个以各种形式的利己主义为主要动机的世界里,我几乎没有摆脱痛苦的可能。——我向命运的指令屈从。——我满足于悲惨;但我不会卑鄙。对于我,你没有理由抱怨,只除了一点,那就是我太在乎你——你只想追求一时的满足,我却期待某种程度的永恒幸福。

我奇怪地缺乏智慧。——你的温柔将我拥在你身边,似乎弥补了我先前的所有不幸。——我曾经以何等信心依偎在这温柔和深情中啊!——不想我依靠的是长矛,它刺穿了我的心。——你为了追求一时的反复无常,抛弃了一个忠友良朋。——你我当然构造不同;因为即使是现在,当悲伤在我的灵魂上烙下信念,让我相信时,我也很难相信这是可能的。现在,见不见我取决于你。——除非我见到你,或者收到你的信,否则我不会采取任何行动。

我已经决定了要为最坏的情况做准备。如果你的下一封信还和上一封信一样,我将写信给[约瑟夫·约翰

---

① 指上帝。

逊?]先生①,请他为我找一个不知名的住处,也不要通知任何人我要来。——在那里,我将在几个月的时间里努力凑够去法国所需的钱——我将再也不会接受你的钱。——我还没有谦卑到需要依靠你的仁慈的地步。

有人对我的不幸感兴趣,尽管他们不知道这不幸的程度,但是他们会帮我实现我心中的目标,那就是让我的孩子获得经济上的独立。如果法国能实现和平,现钱将会很经用——我会借一笔钱,给女儿买一小块地,我的勤劳将使我能从容地还钱。——我在巴黎可以轻松找到完成她的教育所需的帮助——我可以把她介绍给她喜欢的社交圈——她的幸福取决于我,在为她争取到一切幸福的机会后,我将在平静中带着以下这种信念死去,那就是,迄今为止辜负了我的期待的幸福不会总是逃离我的掌控。没有哪个被暴风雨掀来打去的可怜水手比我更想要抵达自己的港口。

我不会一路坐船,因为我无处可去。[某]船长会通知你我的行踪。无须补充的是,我现在的精神状态接受不了悬念——还有,我希望见到你,哪怕是最后一次。

---

① 约翰逊(Joseph Johnson)是沃斯通克拉夫特的伦敦出版商。

# 十月四日

我通过邮船写信告诉你,你上月十八号的来信让我决定和[某]船长一起出发;但是,由于我们的航行速度很快,我想当然地认为你还没有收到那封信。

你说,我必须自己决定——我已经决定了,那就是我们住在一起,这么决定最主要是为了小女儿的利益,也是为了我自己的舒适,尽管我对此几乎不抱期待。我甚至认为,几年后,当商业的喧嚣结束后,你会很高兴和一位对你一往情深的朋友相伴而憩,你可以记录我们这个有趣的孩子的进步,并在你最终决定落脚的圈子里奋力发挥作用,因为你不能永远都在到处跑。

然而,从你上一封信的大意来看,我想你是另有所爱了。——果真如此的话,让我诚挚地请求你立刻再见我一次。你说你对我心怀友谊,那么见面就是我需要的唯一证明。既然你被形式所苦,见面后我会自行决定。

写这封信时我努力让自己冷静——但是一想到登陆时没有任何朋友来接而感到极度痛苦,以及知道我最希望见到的朋友在得知我的到来时甚至还会有种不快之感,这两者都非一般痛苦可比。它让每一种情感都屈服于无比的悲伤,我孩子的活泼好玩也让我感到痛苦。为了她,我希望在这里待上几天,尽管我的处境并不舒适。——此外,我也不想惊到你。你曾经告诉我,你愿意为了促成我的幸福而做出任何牺牲——甚至在你最后一封不友好的信里,你也谈到了维系你我和孩子之间的纽带。——告诉我,你希望我快刀斩乱麻,我也好这么做。

现在,我恳请你务必在下一班邮件发出时就给我回信,切记切记。请把你的信留在邮局,告诉我你是来这里找我,还是在哪儿见我。我可以在周三早上收到你的信。

别让我心神不定——我对你、对任何人都不抱任何期望:这已是命中注定! 我有足够的决心和毅力履行我的职责;然而,我无法振奋我沮丧的精神,也无法使颤抖的心平静下来——把这颗心塑造成这样的那个人①知道,我无法从根本上拔除一生都在折磨我的这个

---

① 仍然指上帝。

爱的倾向——但是生命终将结束！

如果你来这里（几个月前我还不会怀疑这一点），你会在［某处］找到我。如果你更想在路上见我，那么告诉我地点。

谨上。

Mary Wollstonecraft

Letters Written During a Short Residence in Sweden, Norway, and Denmark

Oxford World's Classics, 2009

## 图书在版编目(CIP)数据

北欧书简／(英)玛丽·沃斯通克拉夫特著;李博婷译. —桂林:广西师范大学出版社,2023.3(2024.11重印)

(文学纪念碑)

ISBN 978 - 7 - 5598 - 5588 - 6

Ⅰ.①北… Ⅱ.①玛… ②李… Ⅲ.①书信集-英国-近代 Ⅳ.①I561.64

中国版本图书馆 CIP 数据核字(2022)第 215145 号

北欧书简

BEIOU SHUJIAN

出 品 人:刘广汉　　　　　策　划:魏　东
责任编辑:魏　东　　　　　助理编辑:程卫平　茹婧羽
封面设计:赵　瑾

广西师范大学出版社出版发行

( 广西桂林市五里店路9号　　邮政编码:541004 )
( 网址:http://www.bbtpress.com )

出版人:黄轩庄

全国新华书店经销

销售热线:021-65200318　021-31260822-898

山东临沂新华印刷物流集团有限责任公司印刷

( 临沂高新技术产业开发区新华路1号　邮政编码:276017 )

开本:787 mm×1 092 mm　　1/32

印张:9.25　　　　　　　　字数:130 千

2023 年 3 月第 1 版　　2024 年 11 月第 3 次印刷

定价:59.00 元

如发现印装质量问题,影响阅读,请与出版社发行部门联系调换。